첫사랑

부클래식
054

첫사랑

이반 투르게네프

손은정 옮김

부북스

차 례

일러두기

• 이 책은 2009년도에 출간된 엑스모(Эксмо) 출판사의 《첫사랑》을 텍
스트로 하고 《투르게네프 작품 및 서한 전집》(Наука, 1981) 제6권을 참
고하여 완역하였다.

첫사랑

P.V.아넨코프에게

손님들이 집으로 돌아간 지 한참이 지났다. 시계는 열두 시 삼십 분을 알리고 있었고 방에 남은 사람은 집주인과 세르게이 니콜라예비치, 블라디미르 페트로비치뿐이었다. 주인은 종을 울려 남은 음식을 내가게 했다.

"그럼, 결정된 거네요." 시가에 불을 붙이고 나서 안락의자에 몸을 깊숙이 파묻으며 그가 말했다. "각자가 자신의 첫사랑 이야기를 하는 겁니다. 세르게이 니콜라예비치, 먼저 시작하세요."

세르게이 니콜라예비치는 동글동글하고 희멀건 얼굴에 오동통한 몸집을 가진 사람이었다. 그는 먼저 집주인을 쳐다보더니 눈을 들어 천장 쪽을 올려다봤다.

"저는 첫사랑이 없습니다." 조금 머뭇거린 뒤 그가 말했다. "두 번째 사랑부터 시작했지요."

"그게 무슨 말씀이죠?"

"아주 간단해요. 참 귀엽게 생겼던 어떤 아가씨에게 처음으로 관심을 보였을 때가 제 나이 열여덟이었어요. 그런데 그 아가씨를 쫓아다니는 일이 마치 제가 처음 겪는 일이 아닌 것처럼 느껴지는 거예요. 그 후로 다른 여자들을 따라다닐 때도 마찬가지였죠. 엄밀히 말하면 첫사랑이자 마지막 사랑은 제 보모였는데 그때 제 나이가 여섯 살이었죠. 오래된 일이에요. 우리 사이에 있었던 구체적인 일들은 제 기억에서 다 사라졌어요. 설사 제가 기억을 한다 해도 다른 사람들에게 그리 재미있는 일도 아니겠지만."

"그럼 어떻게 할까요?" 주인이 말을 이었다. "제 첫사랑도 관심을 끌만큼 그리 특별하진 않아요. 저는 지금의 제 처인 안나 이바노브나를 만나기 전까지 누구도 사랑한 적이 없어요. 모든 일이 물 흐르듯 순조로웠지요. 양가 부친들이 소개했는데 우리는 만나자마자 곧바로 사랑하게 되었고 아무런 방해 없이 결혼까지 갔답니다. 제 이야기는 한마디로 정리될 수 있어요. 저는 첫사랑에 대한 이야기를 꺼내면서, 솔직히 말해, 늙은 건 아니지만, 아예 젊다고 하기는 그렇고 아직 결혼도 안한 여러분들의 이야기를 듣고 싶었어요. 블라디미르 페트로비치, 뭐든 재미있는 이야기로 우릴 즐겁게 해주시죠."

"제 첫사랑은 정말로 평범하지 않아요." 블라디미르 페트로비치는 약간 머뭇거리며 대답했다. 그는 검은 머리에 흰머리가 희끗거리는 사십 대 초반 정도 된 사람이었다.

"아!" 집주인과 세르게이 니콜라예비치는 동시에 낮은 탄성을 질렀다. "더 잘됐네요. 한번 얘기해보시죠."

"그러니까……. 아닙니다. 이야기하지 않겠습니다. 제가 이야기꾼은 아니에요. 이야기가 무미건조하고 짧게 되거나, 너무 길어지고 왜곡돼서 엉뚱하게 나옵니다. 허락해 주신다면 제가 기억하는 모든 내용을 노트에 쓴 다음 읽어드리죠."

두 사람은 처음에는 동의하지 않았지만, 블라디미르 페트로비치가 고집을 꺾지 않았다. 두 주가 지난 뒤 그들은 다시 만났고 블라디미르 페트로비치는 약속을 지켰다.

여기에 그가 노트에 쓴 글을 싣는다.

I

그때 나는 열여섯이었다. 1833년 여름에 일어난 일이다.

나는 부모님과 함께 모스크바에 살았다. 부모님은 네스쿠치늬이 공원 맞은편에 있는 칼루가 성문 부근에다 별장을 얻었다. 나는 대학 입학을 준비하고 있었지만 조급한 마음도 없었고 공부도 거의 하지 않았다.

누구도 내 자유를 구속하지 않았다. 나는 하고 싶은 대로 행동했다. 나의 마지막 프랑스인 가정교사—자신이 '폭탄처럼'(comme un bombe) 러시아에 갑자기 떨어졌다는 생각을 도저히 받아들일 수 없어, 사나운 얼굴을 하고선 온종일 침대에서 뒹굴며 지냈다.—와 헤어졌던 때부터 특히 그랬다. 아버지는 내게 무심한 듯 다정하게 대했고 어머니는 별 관심을 보이지 않았다. 나 이외에 다른 아이들이 있는 것도 아닌데 말이다. 이런저런 일들에 어머니는 정신이 팔렸다. 아버지는 아직 젊고 아주 잘생겼는데 어머니와는 조건을 보고 결혼했다. 어머니는 아버지보다 열 살이 더 많았다. 어머니는 서글픈 인생을 사셨다. 끊임없이 걱정하고 질투하고 화를 냈지만, 아버지가 없는 곳에서만 그리했다. 어머니는 아버지를 두려워했으며, 엄격하고 냉정한 아버지는 항상 일정한 거리를 두었다. 나는 아버지만큼 정교할 정도로 침착하며 자신감 있고 권위적인 사람을 보지 못했다.

별장에서 보낸 처음 몇 주일을 나는 결코 잊지 못할 것이다. 날씨가 정말 좋았다. 우리는 5월 9일에 모스크바에서 이곳으로 옮겨왔다. 성 니콜라이의 날[01] 당일에 우리 별장 정원을 거닐다가 네스쿠치늬이 공원을 산책하고 칼루가 성문 너머를 걷기도 했다. 늘 《카이다노프의 역사》[02]와 같은 책을 손에 잡히는 대로 집어서 가져갔지만 들춰보는 일은 거의 없었다. 대신 꽤 많이 외우고 있던 시를 소리 내어 읊곤 했다. 피가 내 속에서 요동치고 가슴이 아려왔다. 그건 온통 달콤하며 우스꽝스러웠다. 나는 모든 것을 기다렸고 무언가를 겁내면서도 모든 것에 감탄했으며 뭐든 할 수 있을 것 같았다. 마치 첫새벽에 칼새가 종탑 주위를 날아다니듯, 상상이 시작되더니 똑같은 것

---

01 성 니콜라이의 날: 니콜라이 미를리키스키, 니콜라이 오고드니크, 니콜라이 추도트바레츠 성자를 기념하기 위해 정교회력으로 5월 9일로 정한 축일. 이날에는 나이 든 친지들에게 존경을 표하며 그들의 안녕과 건강을 위해 기도를 올리는 전통이 있다. 정교회력(율리우스력)은 태양력(그레고리력)보다 13일 정도 늦다.

02 카이다노프 이반 쿠지미치, 19세기 전반기에 살았던 역사교과서 저자.

주변을 맴돌았다. 나는 골똘히 생각하다가 서러운 나머지 울기까지 했다. 그러나 읊조린 시 구절이나 저녁의 아름다움이 불러일으키는 눈물과 애수를 뚫고 나오면 이제 막 끓어오르기 시작한 젊디젊은 생의 환희가 봄날의 새싹처럼 돋아났다.

나는 승마용 작은 말을 한 필 가지고 있었다. 직접 말에 안장을 얹고 혼자서 목적지 없이 아무 곳이나 멀리까지 달리곤 했다. 전속력으로 달리면 내가 마상(馬上) 시합에 나가는 중세 기사라도 되는 양 생각되었다. 바람이 내 귓속으로 얼마나 즐겁게 불어왔던가! 때때로 하늘을 향해 고개를 들고 가슴을 열어젖혀 반짝이는 햇살과 코발트색 빛을 받아들였다.

그 당시만 해도 여성의 형상이나 여자의 사랑이라는 이미지가 내 머릿속에서 구체적인 모습으로 자리 잡은 적은 거의 한 번도 없었던 것으로 기억된다. 그러나 내 모든 생각이나 느낌 속에는 뭔가 새롭고, 이루 말할 수 없이 달콤하고 여성적인 것에 대한 예감이 알듯 말듯 수줍게 녹아있었다.

이 예감, 이 기대는 내 온몸으로 스며들었다. 나는 이 예감으로 숨 쉬었고 이 기대는 핏방울을 따라 내 혈관 구석구석을 돌아다녔다. 그리고 이 예감은 곧 현실이 될 운명이었다.

우리 여름 별장은 둥근 기둥이 서 있는 목재 저택이며, 나지막한 별채 두 채가 딸려 있었다. 왼쪽 별채에는 저렴한 벽지를 만드는 자그마한 공장이 들어와 있었다. 나는 때가 찌들어

번들거리는 가운을 입고 초췌한 얼굴을 한 깡마르고 지저분한 열 명 남짓한 소년이, 사각형 블록을 찍는 나무 지렛대에 어떻게 뛰어내리는지, 그렇게 해서 자신들의 연약한 몸무게로 알록달록한 벽지 무늬를 어떻게 만들어내는지 구경하러 그곳에 자주 들락거렸다. 오른쪽 별채는 비어있었고 세를 내놓은 상태였다. 5월 9일에서 3주쯤 지난 어느 날 이 별채 창문의 덧문이 열리더니 안에서 여자들의 얼굴이 나타났다. 어떤 가족이 이사 온 듯 보였다. 그날 점심때 어머니는 집사로부터 새로 이사 온 가족의 성이 자세키나 공작 부인이라는 말을 듣고 처음에는 어떤 존경의 뜻이 담긴 어조로 "아! 공작 부인이……" 하더니," 형편이 좋지는 않은 모양이지."라고 말했던 것을 기억한다.

"마차 세 대로 이사 왔습니다, 마님." 정중하게 음식을 나르며 집사는 말했다. "전용 마차도 없고 가구랄 것도 없었습니다, 마님."

"그래," 어머니가 대꾸했다. "어쨌든 더 잘됐네."

아버지가 어머니를 차갑게 쳐다보자 어머니는 입을 다물었다.

실제로 자세키나 공작 부인은 부유한 부인일 리 없었다. 부인이 임대한 별채는 낡아서 쓰러질 지경이었고 비좁고 낮아서 조금이라도 여유가 있는 사람들이라면 그곳으로 이사 오길 꺼렸을 것이다. 그런데 나는 그때 이 모든 이야기를 귓등으로 흘려들었다. 나는 실러의 《떼도적》⁰³을 얼마 전 읽었던 터라 공작이라는 지위는 내게 별다른 영향을 주지 못했다.

03 실러의 《떼도적》에는 봉건제와 절대왕권, 봉건 도덕에 반대하는 작가의 생각이 반영되어 있다. 이 작품이 1830년대에 누렸던 인기와 젊은 층에 끼친 영향에 대해 벨린스키가 비평에 여러 번 언급하였다. (예를 들면, '소설 읽기에 대한 제언'이라는 기사(1848)에서 언급했는데 거기에는 다음과 같은 대목이 있다. 《떼도적》을 처음 읽고 일부 젊은이들은 실러 작품 주인공들의 형상에 대해 곱씹어 생각하기 위해 숲으로 갔다.')

II

나는 매일 저녁 총을 들고 우리 정원을 돌아다니며 까마귀를 감시하는 습관이 있었다. 이 조심스럽고 탐욕스럽고 교활한 새에게 나는 예전부터 미움을 느끼고 있었다. 이웃에 관하여 말을 들은 그날도 나는 정원으로 갔다. 별다른 소득 없이 오솔길 구석구석을 돌아다니고 나서 (까마귀는 나를 알아채고 멀리서만 이따금 깍깍 울어댔다) 오른쪽 별채 뒤편으로, 그 별채에 딸린 좁다란 마당과 우리 집 정원을 가르는 낮은 담장에 우연히 다다르게 되었다. 나는 고개를 숙인 채 걸었다. 그 순간 갑자기 목소리가 들려왔다. 나는 담장 너머 무언가를 쳐다보고 돌처럼 굳어져 버렸다. 이상한 광경이 내 시야에 들어온 것이다.

나에게서 몇 걸음 떨어진, 푸른 라즈베리 떨기나무 사이 빈터에 분홍색 줄무늬 드레스를 입고 머리에는 흰 스카프를 두른 키가 크고 늘씬한 아가씨가 서 있었다. 청년 네 명이 아가씨를 둘러싸고 서 있었고 그녀는 작은 회색 꽃다발로 그들의 이마를 차례대로 탁탁 두드리고 있었다. 무슨 꽃인지 나는 이름을 모르지만, 아이들이 잘 가지고 노는 꽃이었다. 이 꽃은 작은 자루 모양을 하고 있어 이 꽃으로 딱딱한 것을 때리면 탁 소리를 내며 터졌다. 젊은이들은 기꺼이 자기들의 이마를 내밀었고, 아가씨의 움직임에는 (나는 그녀의 옆모습을 보았다) 너무나 매혹적이고 기품 있고 사랑스러운 어떤 것이, 그리고 장난스러운 귀여움이 서려 있었다. 나는 놀라움과 기쁨으로 거의 소리를 지를 뻔했다. 이 아름다운 손가락이 내 이마를 때려주기만 한다면 나는 세상 모든 것을 바칠 수 있을 것 같았다. 내 총이 풀밭으로 미끄러졌고 나는 아무것도 생각나지 않았다. 이 가냘픈 몸매와 가녀린 목, 아름다운 손과 흰 스카프 밑으로 보이는 약간 흐트러진 금빛 머리칼, 절반쯤 감긴 영민한 눈동자와 속눈썹, 그리고 그 밑에 있는 부드러운 뺨을 내 눈은 집어삼키고 있었다.

"젊은이, 이봐, 젊은이" 누군가의 목소리가 가까이서 불현듯 들려왔다. "남의 집 처자를 그렇게 쳐다봐도 되는 겁니까?"

나는 움찔 놀라 멍해졌다. 맞은편 담장 너머에 짧게 깎은 검은 머리를 한 사람이 조롱하듯 나를 바라보고 있었다. 바로 그 순간 아가씨가 나를 향해 돌았다……. 나는 표정이 풍부하고 생기 넘치는 얼굴에 있는 엄청나게 큰 회색 눈동자를 보았다. 이 얼굴 전체가 갑자기 떨리기 시작하더니 웃음이 터져 나왔다. 하얀 치아는 반짝거렸고 눈썹은 왠지 재미있게 올라갔다……. 나는 갑자기 얼굴이 달아올라, 땅에서 권총을 주운 다음, 커다란 그러나 악의는 없는 웃음소리를 뒤로하며 내 방으로 도망쳐 침대에 몸을 던졌고 손으로 얼굴을 가렸다. 심장이 내 안에서 요동쳤다. 나는 몹시 부끄러우면서도 즐거웠다. 전에는 한 번도 겪어본 적이 없는 흥분에 젖어들었다.

정신을 좀 차리자 머리를 빗고 옷매무시를 가다듬은 다음 아래층으로 차를 마시러 내려갔다. 젊은 아가씨의 모습이 내 앞에서 아른거리면서, 심장은 뛰기를 멈추었지만, 기분 좋게 찌릿찌릿하였다.

"무슨 일이 있는 거냐?" 아버지가 갑자기 물었다. "까마귀는 잡았니?"

나는 아버지에게 모든 것을 말하고 싶었으나 가까스로 참고서 마음속으로 미소만 지었다. 잠자리에 들면서, 무엇 때문인지는 나 자신도 모르겠지만, 한쪽 다리를 들고 세 번 정도 빙그르르 돌고 나서 포마드를 바른 다음 침대에 누웠고 밤새 죽은 듯이 잤다. 아침이 오기 전 잠깐 잠이 깨 고개를 들어 주위를 황홀한 눈으로 바라보았다. 그리고 다시 잠들었다.

III

'어떻게 하면 그들과 친해질 수 있을까?' 아침에 잠에서 깨자마자 첫 번째로 든 생각이었다. 아침을 먹기 전 정원으로 나갔지만, 담장 쪽으로 너무 가까이는 가지 않았고 아무도 보지 못했다. 아침을 먹은 후 별장 앞길로 나가 몇 차례 서성거렸고 멀리서 창문을 흘끔거렸다…… 커튼 너머로 그녀의 얼굴이 보이는 것 같아서 놀란 나머지 서둘러 도망쳤다. '어떻게든 안면을 터야 해.' 네스쿠치늬이 공원 앞에 넓게 펼쳐진 모래 평원을 목적 없이 왔다 갔다 하며 생각했다. '그런데 어떻게 해야 하지? 이게 문제야.' 전날 만났던 장면에서 작은 것이라도 놓치지 않고 기억해내려 애썼다. 그녀가 나를 비웃던 모습이 왠지 유난히 선명하게 떠올랐다…… 그러나 내가 흥분하여 여러 계획을 세우는 동안에 운명은 이미 나를 돌보고 있었다.

내가 집에 없는 사이 어머니는 새로 이사 온 이웃으로부터 회색 종이에 쓰인 편지를 받았는데, 이 편지는 우체국에서 발행하는 통지문이나 싸구려 와인 마개에서나 볼 법한 갈색 밀랍으로 봉인되어 있었다. 어법에 맞지 않고 단정치 못한 필체로 쓰인 이 편지에서 공작 부인은 어머니에게 도움을 요청하고 있었다. 공작 부인은 자신과 자녀들의 여생을 좌우할 수 있는 높은 사람들을 내 어머니가 잘 알고 있다며, 자기 자신은 매우 중요한 소송에 연루되어 있다고 편지에 썼다. 〈저는 귀부인으로서 귀부인께 부탁합니다. 게다가 이 기회를 **활영하게 되서 몹시 기쁩니다.**〉[04]라고 썼다. 편지를 끝맺으면서 공작 부인은 어머니가 한번 방문해 주기를 간청했다. 나는 어머니 마음이 별로 좋지 않음을 알게 되었다. 아버지는 집에 없었고 어머니는 이 일을 의논할 상대가 없었다. '귀부인'에게, 그것도 공작 부인에게 답장하지 않는 것은 가당치 않았다. 그런데 어떻게 답장을 써야 할지 어머니는 알지 못했다. 프랑스어로 답장을 쓰는 것은 적절치 않다고 생각했고 러시아어 맞춤법은 어머니 자신도 자신이 없었기 때문에 망신당하기 싫었다. 어머니는 내가 집에 오자 매우 기뻐하며 공작 부인 댁에 가서 어머니는 힘이 닿는 데까지 공작 부인을 잘 모실 생각이며 열두 시에서 한 시 사이에 방문해주시길 바란다는 말을 전하라고 내게 심부름을 시켰다. 내 비밀스러운 바람이 생각지도 않게 이렇게 빨리 이루어지는 것을 보고 나는 기쁘고도 놀라웠다. 하지만 나는

04 맞춤법이 틀린 공작 부인의 편지

당황하는 티를 내지 않고 먼저 내 방으로 가, 새 넥타이를 매고 프록코트를 입었다. 집에서는 정말 싫었지만, 소년들처럼 짧은 재킷과 접어 젖힌 깃옷을 입고 지냈기 때문이다.

IV

마음과는 달리 온몸을 부들부들 떨면서 들어간 좁고 어수선한 별채의 현관에서 나를 맞이한 사람은 늙고 머리가 하얗게 센 하인이었는데, 돼지같이 못생긴 눈에, 낯빛은 구릿빛처럼 칙칙하며 이마와 관자놀이에는 내가 살면서 한 번도 보지 못한 흉측하고 깊은 주름이 있었다. 그는 깨끗이 발라먹은 청어 가시가 담긴 접시를 나르고 있었는데 다른 방으로 들어가는 문을 발로 닫으면서 툭 내뱉듯이 말했다.

"뭡니까?"

"자세키나 공작 부인께서는 댁에 계신가요?" 내가 물었다.

"보니파티!" 문 쪽에서 갈라진 여자 목소리가 들려왔다. 하인은 조용히 내게 등을 보이며 돌아섰는데 닳아빠진 등판에 녹슬어 붉게 변한 가문의 문장이 새겨진 단추 하나가 덜렁 달려있었다. 그는 바닥에 접시를 놓고 나갔다.

"경찰서에는 갔다 왔나?" 같은 여자의 목소리가 다시 들렸다. 하인은 무언가를 중얼거렸다. "뭐라고? 누가 왔어?" 그 목소리가 들려왔다. "옆집 도련님이 오셨다고? 그럼, 들어오시라고 해."

"이쪽, 응접실로 들어가시지요." 다시 내 앞에 나타난 하인은 바닥에서 접시를 주워 올리며 말했다.

나는 옷을 단정히 하고 '응접실'로 들어갔다.

내가 들어간 곳은 작고 깔끔하게 정리되어 있지 않은 방으로, 궁색한 가구를 급하게 배치한 것처럼 보였다. 창가에 손잡이가 망가진 안락의자에는 50대로 보이는 여자가 앉아 있었다. 손질하지 않은 머리에 못생겼고, 낡은 초록색 드레스에 알록달록한 레이스 스카프를 목에 두른 여자였다. 그녀의 작고 검은 눈이 나를 뚫어지게 쳐다보았다.

나는 그녀에게 다가가 고개를 숙이고 인사했다.

"송구스럽지만 자세키나 공작 부인이십니까?"

"제가 자세키나 공작 부인이에요. V- 가문 아드님 되시나요?"

"맞습니다, 부인. 어머님 말씀을 전하러 왔습니다."

"앉으시지요. 보니파티! 내 열쇠가 어디 있는지 보지 못했나?"

나는 부인에게 편지에 대한 어머니의 답변을 전했다. 부인은 통통하고 붉은 손가락으로 창문턱을 치면서 내 말을 유심히 들었고 내가 말을 다 전하자 다시 한 번 나를 물끄러미 바라보았다.

"좋아요. 바로 가지요." 마침내 부인이 입을 열었다. "아직 아주 젊으시군요. 몇 살이나 되셨는지 물어봐도 될까요?"

"열여섯입니다." 나는 나도 모르게 더듬거리며 대답했다.

공작 부인은 주머니에서 무언가가 적힌 꼬질꼬질한 종이 다발을 꺼내 코앞에다 바짝 대고 뒤적거렸다.

"좋을 때지요." 의자에 앉아 몸을 비틀고 엉덩이를 들썩거리면서 부인이 불쑥 말했다. "그렇게 예의를 차리지 않아도 돼요. 우리 집은 소탈해요."

'지나치게 소탈하네요.' 나는 부인의 훌륭하지 못한 자태에 시선을 던지며 나도 모르게 반감을 느꼈다.

그 순간 응접실의 다른 문이 빠르게 활짝 열리더니 내가 전날 정원에서 보았던 아가씨가 문 앞에 나타났다. 그녀는 한 손을 들어 보였고 얼굴에는 옅은 미소가 스쳤다.

"이 아이가 제 딸입니다." 공작 부인은 팔꿈치로 그녀를 가리키며 말했다. "지노치까[05], 이웃 되시는 V- 가문의 아드님이시다. 성함이 어떻게 되시는지 여쭤 봐도 될까요?"

"블라디미르입니다." 나는 일어나면서 흥분한 나머지 약간 불분명한 소리로 대답했다.

"부칭[06]은 어떻게 되시는지?"

---

05 여자 이름 '지나이다'의 애칭.

06 러시아인들은 이름 외에 아버지의 이름을 딴 부칭을 가진다. 사람을 존대하여

"페트로비치입니다."

"어머나, 그렇구나! 제가 알고 지냈던 경찰서장도 블라디미르 페트로비치였어요. 보니파티! 열쇠 찾지 말게, 내 주머니에 있네."

젊은 아가씨는 조금 전과 같이 엷은 미소를 띤 채 한쪽으로 고개를 약간 기울이고 눈을 가늘게 뜨면서 나를 계속해서 바라보았다.

"저는 무슈 볼데마르[07]를 이미 뵌 적이 있어요." 그녀가 말을 꺼냈다. (그녀의 은방울 같은 목소리는 어떤 달콤한 소름처럼 온몸을 엄습했다.) "제가 그렇게 불러드려도 되나요?"

"편한 대로 하십시오, 아가씨." 나는 웅얼거리며 말했다.

"어디서 뵀단 말이냐?" 공작 부인이 물었다.

공작 아가씨는 어머니의 질문에 대답하지 않았다.

"지금 바쁘신가요?" 내게서 시선을 떼지 않고 그녀가 물었다.

"전혀 바쁘지 않습니다, 아가씨."

"그럼 털실 푸는 걸 도와주실 수 있나요? 이쪽으로 저를 따라오세요." 그녀는 나를 보며 고개를 끄덕이더니 응접실에서 나갔다. 나는 그녀의 뒤를 따라갔다.

부를 때 이름과 부칭을 함께 부른다.

07 러시아 이름 '블라디미르'를 프랑스식으로 '볼데마르'라고 부르고 있다. 남성에 대한 존칭을 뜻하는 프랑스어 '무슈(monsieur)'를 붙여 불렀다.

우리가 들어간 방은 가구가 그나마 조금 나은 편이었고 훌륭한 취향을 가진 사람이 배치한 것으로 보였다. 그런데 솔직히 그 순간 나는 거의 아무것에도 신경 쓰지 못했다. 나는 꿈속에 있는 것처럼 움직였고 내 온몸에서 긴장된 행복감이 터무니없이 넘쳐나고 있었다.

공작 아가씨는 자리에 앉더니 내게 맞은편에 앉으라고 가리키면서 빨간 털실 뭉치를 꺼내 열심히 푼 다음 내 양손에 감았다. 이 모든 것을 그녀는 침묵 속에서, 입술을 살짝 벌려 바로 그 빛나고 새침한 옅은 미소를 보이면서 왠지 일부러 그러는 듯 느린 속도로 진행했다. 그녀는 털실을 구겨진 카드에 대고 감기 시작했다. 그러다 갑자기 환하고 빠른 시선을 내게 던졌는데 나는 나도 모르게 고개를 숙였다. 그녀가 대부분 눈꺼풀로 덮여있는 눈을 활짝 뜨면 그녀의 얼굴은 완전히 다르게 변했다. 밝은 빛이 그녀의 얼굴에 쏟아진 듯했다.

"어제 저에 대해 무슨 생각을 하셨어요, 무슈 볼데마르?" 그녀는 잠시 기다린 뒤 물었다. "아마도 절 흉보셨겠죠?"

"저는, 그러니까, 아가씨, 저는 아무 생각도 안 했습니다, 제가 어떻게 감히……" 나는 당황하여 대답했다.

"제 말 좀 들어보세요." 그녀가 말했다. "아직 저를 잘 모르시잖아요. 저는 좀 이상해요. 항상 사람들이 제게 진실을 말해주면 좋겠어요. 지금 열여섯 살이라고 들었는데 저는 스물한 살이에요. 제가 그쪽보다 훨씬 나이가 많아요, 그렇죠? 그러니까 당신은 제게 항상 진실을 말해야 해요. 그리고…… 제 말을 잘 따르셔야 해요." 그녀는 계속해서 말했다. "저를 쳐다보세요. 뭐 때문에 저를 안 보시는 거죠?"

나는 더 당황스러웠지만, 그녀를 향해 눈을 들었다. 그녀는 미소를 지었는데 그것은 좀 전의 미소와는 달리 일종의 승인이 담긴 미소였다.

"저를 바라보세요." 그녀는 목소리를 부드럽게 낮추어 말했다. "그건 그리 기분 좋진 않네요. 저는 당신의 얼굴이 마음에 들어요. 우리가 친해질 것 같은 예감이 드네요. 제가 좋으세요?" 그녀가 음험하게 말했다.

"아가씨……" 나는 말을 시작했다.

"첫째, 저를 지나이다 알렉산드로브나[08]라고 부르세요. 둘째, 무슨 애들 (그녀가 고쳐 말했다), 젊은이들의 습관이 이렇담? 왜 느끼는 것을 있는 그대로 말하지 않는다지? 어른들이나 그렇게 하는 게 좋죠. 제가 맘에 드시냐고요?"

그녀가 그렇게 내게 터놓고 말을 했다는 사실은 정말 몹시 기뻤지만, 한편으론 마음이 약간 상했다. 그녀가 지금 소년을 대하는 게 아니라는 것을 나는 보여주고 싶었다. 그래서 최대

---

08 이름(지나이다)과 부칭(알렉산드로브나)를 붙여 부르라는 말이다. 격식을 갖출 때나 존경을 표할 때 흔히 이리 부른다.

한 당당하고 진지한 표정으로 말했다.

"당연히, 당신이 아주 좋습니다, 지나이다 알렉산드로브나. 그 사실을 감추고 싶진 않습니다."

그녀가 간격을 두면서 천천히 고개를 끄덕였다.

"집에 가정교사가 있나요?" 그녀가 불현듯 물었다.

"아니요, 가정교사를 두지 않은 지 꽤 오래됐습니다."

나는 거짓말을 하고 있었다. 프랑스인 가정교사가 떠난 지 아직 한 달이 채 안 되었으니까.

"아! 그렇군요. 당신은 이제 다 컸네요." 그녀는 내 손가락을 살짝 건드렸다. "손을 똑바로 하세요!" 그녀는 부지런히 실타래를 감았다.

나는 그녀가 눈을 내리깔고 작업에 몰두하는 동안 그녀를 유심히 살펴보았다. 처음에는 몰래 훔쳐보다가 나중에는 점점 더 대담해졌다. 그녀의 얼굴은 어제 본 것보다 더 아름다워 보였다. 얼굴에 있는 모든 것들이 섬세하고 명민하고 사랑스러워 보였다. 그녀는 하얀 커튼이 달린 창을 등지고 앉아 있었는데 이 커튼을 통해 들어온 햇빛이 그녀의 풍성한 금발 머리와 그녀의 순결한 목, 비스듬한 어깨와 부드럽고 얌전한 가슴에 따스한 빛을 쏟아 붓고 있었다. 나는 그녀를 응시했다. 그녀가 내게 얼마나 소중하고 가깝게 여겨졌던가! 나는 그녀를 오래전부터 알고 있었으며 마치 그녀를 만나기 전에는 아무것도 몰랐고 아예 살지도 않았던 것처럼 생각되었다……. 그녀는 이미 오래 입어 낡아 버린 어두운색 에이프런 드레스를 입고 있었다. 나는 이 드레스와 에이프런 주름 한 겹 한 겹을 사랑스럽게 어루만지고 싶어 했던 것 같다. 드레스 자락 밑으로 그녀가 신은 구두의 앞 코가 살짝 보였다. 나는 기꺼이 이 구두에 엎드리고 싶었다……. '여기 내가 그녀 앞에 앉아 있어.' 나는 생각했다. '내가 그녀를 알게 됐어……. 아, 얼마나 행복한 일인가, 이럴 수가!' 나는 환희에 차 의자에서 뛰어오를 뻔했지만, 실제로는 사탕을 받은 아이처럼 발만 조금 흔들어댔다.

나는 물 만난 고기처럼 기뻤고 이 방에서 나가지 않고 한 백 년쯤 머물고 싶었다.

그녀의 눈꺼풀이 조용히 올라갔고 그녀의 밝은 눈동자는 내 앞에서 다시 한 번 사랑스럽게 빛났다. 그리고 그녀의 얼굴에 또 한 번 엷은 미소가 스쳤다.

"왜 그렇게 쳐다보나요?" 그녀는 천천히 말했고 경고하듯 손가락을 내게 흔들었다.

내 얼굴이 빨개졌다……. '이 사람은 모든 것을 알고, 모든 것을 보고 있어.' 머릿속에 이런 생각이 얼핏 스쳤다. '그래, 모를 리가, 보지 못할 리가 있나!'

갑자기 옆방에서 무슨 소리가 났다. 절거덕거리는 칼 소리였다.

"지나!" 거실에서 공작 부인이 큰 소리로 불렀다. "벨롭조로 프 씨가 네게 주려고 새끼고양이를 가져왔구나."

"고양이다!" 그녀가 이렇게 외치더니 의자에서 벌떡 일어나 털실 뭉치를 내 무릎에 내던지고 뛰어 나갔다.

나도 자리에서 일어나 털실 뭉치와 실타래를 창문턱에 놓고선, 응접실로 갔는데 거기서 당황하여 우뚝 멈춰 섰다. 방 한가운데에는 줄무늬 고양이가 다리를 쫙 펴고 엎드려있었고, 지나이다는 새끼 고양이 앞에 무릎을 꿇고 앉아 조심스럽게 그것의 조그마한 낯을 받쳐 올리고 있었다. 공작 부인 곁에 한 건장한 젊은이가 두 창문 사이의 벽을 거의 다 막고 서 있었다. 곱슬머리 금발에 발그레한 얼굴과 튀어나온 눈을 가진 젊은 경기병이었다.

"어머나, 참 재미있게도 생겼네!" 지나이다가 계속 말했다. "얘 눈이 회색이 아니라 녹색이네요. 귀는 또 얼마나 큰지. 빅토르 예고르치, 감사해요! 정말 다정하시군요."

나는 그 경기병이 어제 본 청년 중 한 명인 걸 알아보았다. 경기병은 미소를 짓고 고개를 숙이며 신발로 박차 소리와 장검 고리로 잘랑거리는 소리를 냈다.

"어제 아가씨가 귀가 큰 줄무늬 고양이를 갖고 싶다고 해서……. 여기 제가 구해왔습니다. 말은 곧 법입니다." 그는 다시 한 번 고개를 숙이며 인사했다.

새끼고양이는 작은 소리로 가르랑거리더니 마루 냄새를 맡기 시작했다.

"어머, 배가 고픈가 봐!" 지나이다가 소리쳤다. "보니파티! 소냐! 우유 좀 가져와."

남루한 노란색 드레스에 낡아서 색이 바랜 스카프를 목에 두른 하녀가 우유가 담긴 종지를 손에 들고 들어와 고양이 앞에 놓았다. 새끼고양이는 잠시 머뭇거리다가 실눈을 짓더니 혀로 우유를 핥아 먹었다.

"어쩜 이 분홍색 혀 좀 봐." 지나이다는 마룻바닥에 거의 닿을 만큼 고개를 숙이고 고양이 옆에서 코밑을 쳐다보면서 말했다.

배가 부른 새끼고양이는 발을 점잖게 핥으면서 가르랑 소리를 내기 시작했다. 지나이다는 일어서서 하녀를 보며 돌아서더니 무심하게 말했다.

"가지고 나가게."

"고양이를 가져왔으니, 손을……" 경기병은 새 제복에 꼭 끼인 자신의 육중한 몸 전체가 흔들리도록 활짝 웃으면서 말했다.

"두 손 다요." 지나이다는 대꾸하며 그에게 손을 내밀었다. 경기병이 손에 키스하는 동안 그녀는 자신의 어깨너머로 나를 바라보았다.

나는 한 자리에 미동도 없이 서서 웃어야 할지, 뭐라도 말을 해야 할지, 아니면 이대로 침묵하고 있어야 할지 갈피를 잡지 못했다. 열려있었던 현관문 너머로 우리 집 하인 표도르가 갑자기 내 눈에 들어왔다. 표도르가 내게 손짓을 했다. 나는 기계적으로 그에게로 갔다.

"뭐냐?" 나는 물었다.

"엄마가 도련님을 데려오라네요." 표도르가 속삭였다. "도련님이 답변을 가지고 돌아오지 않는다고, 집에선 화가 단단히 났소."

"내가 여기 온 지 그리 오래되었단 말이냐?"

"한 시간 좀 넘었소."

"한 시간이 넘었다고!" 나도 모르게 말을 따라 하고선 응접실로 돌아가 한쪽 다리를 살짝 빼고 남은 다리를 구부려 절한 다음 발뒤꿈치로 다른 쪽 발꿈치를 살짝 쳐서 붙였다[09].

"어디로 가시게요?" 공작 아가씨는 경기병에게서 눈을 뗀 다음 내게 물었다.

"집에 가야 한답니다, 아가씨. 가서 그렇게 전하겠습니다." 나는 늙은 부인을 보며 말했다. "저희 집에 한 시쯤에 오신다고요."

"그리 전하세요, 도련님."

---

09 19세기 남자들이 정중함이나 환영을 표하고 싶을 때 했던 행동.

공작 부인은 황급히 코담배 통을 가져다 내가 흠칫 놀랄 정도로 요란하게 소리를 내며 코로 들이켰다.

"그리 전하세요." 부인은 눈물이 가득한 눈을 깜박이며 끙끙대는 소리로 같은 말을 또 했다.

나는 한 번 더 고개를 숙여 인사한 다음, 뒤로 돌아 등 뒤로 거북함을 느끼며 그 집에서 나왔다. 아주 젊은 청년이 사람들이 자기 뒷모습을 보고 있다는 사실을 알 때 느끼는 그런 거북함, 말이다.

"잠깐만요, 무슈 볼데마르, 또 놀러 와요." 지나이다가 소리쳤고 또다시 깔깔대며 웃어댔다.

"뭐지, 왜 이 사람은 계속 웃는 거야?" 내 뒤에서 아무 말 없이 못마땅한 듯 걸어오는 표도르와 함께 집으로 가며 나는 생각했다. 어머니는 나를 꾸짖었고, 내가 공작 부인 댁에서 그렇게 오랫동안 도대체 뭘 했는지 놀라워했다. 나는 아무 말도 하지 않은 채 내 방으로 갔다. 갑자기 몹시 서러워졌다……. 울지 않으려 애를 썼다……. 나는 경기병을 질투하고 있었다.

V

공작 부인은 약속한 대로 어머니를 방문했지만, 어머니 마음
에 들지 못했다. 그분들이 만날 때 나는 그 자리에 없었지만,
어머니는 식사시간에 아버지에게 자세키나 공작 부인은 une
femme tres vulgaire[정말 저속한 여자]이며, 세르게이 공작에
게 자기를 위해 청원을 해달라고 하도 부탁하는 통에 어머니
는 너무 질려버렸고 그 여자가 어떤 민사사건과 des vilaines
affaires d'argent[추잡한 돈과 얽힌 일]에 연루된 것으로 보아 아
마도 그 여자는 엄청나게 문제가 많은 사람임이 틀림없다고 말
했다. 그런데 어머니는 공작 부인을 그 딸과 함께 내일 점심에
초대했다는 말도 했다 (나는 '딸과 함께'라는 말을 듣고 접시
에 코를 박을 정도로 고개를 숙였다). 어쨌든 공작 부인은 이
웃이 되었고 그것도 이름 있는 가문 사람이라는 것이 초대의
이유였다. 이 말을 듣고서 아버지는 이 부인이 누군지 인제야
기억이 난다고 어머니에게 말했다. 아버지는 젊은 시절에 돌아

가신 자세킨[10] 공작을 알고 지냈는데 공작은 훌륭한 교육을 받긴 했지만, 실속 없고 헛바람이 든 사람이었다. 공작이 파리에서 오래 살았기 때문에 사교계에서는 공작을 'le Parisien'['파리사람']이라고 불렀고 원래는 매우 부유했었는데 재산을 전부 다 날려버렸고, 돈 때문인지 뭔진 모르겠지만, 더 나은 선택을 할 수 있었는데도, (아버지는 차가운 미소를 지으며 덧붙였다), 어떤 하급관리의 딸과 결혼했고 결혼하고 나서는 투기에 뛰어들어 완전히 망해버렸다는 이야기를 해주었다.

"부인이 돈 꿔달라는 말이나 안 했으면 좋겠네요." 어머니가 말했다.

"그럴 가능성도 있지," 아버지가 차분하게 말했다. "부인이 프랑스어를 하던가요?"

"거의 못해요."

"흠, 상관없지. 공작의 딸도 초대했다고 당신이 나한테 말한 것 같은데, 그 집 따님은 아주 사랑스럽고 교육도 잘 받았다고 누가 그러던데."

"아하! 어머니는 안 닮은 모양이네."

"아버지도 안 닮았지," 아버지가 말했다. "그이는 교육은 잘 받았지만 어리석었어."

---

10 한집안의 같은 성이어도 대개 남자의 성은 자음으로 끝나고 여자의 성은 모음으로 끝난다. 여기서 남편인 공작은 '자세킨', 부인과 딸의 성은 '자세키나'이다.

어머니는 한숨을 쉬더니 골똘히 생각에 잠겼다. 아버지는 말없이 앉아 있었다. 이 대화를 듣는 동안 나는 무척이나 거북했다.

식사가 끝난 후 나는 정원으로 갔다. 총은 가져가지 않았다. 나는 '자세킨 댁의 정원' 쪽으로는 가지 않겠다고 다짐했지만 거역할 수 없는 힘이 나를 그쪽으로 이끌었고, 그럴만한 이유가 있었다. 담장에 다다르기도 전에 지나이다를 보았다. 이번에는 지나이다 혼자 있었다. 그녀는 책을 들고 천천히 걷고 있었다. 내가 있는지 알아차리지 못했다.

나는 그녀를 거의 놓칠 뻔했으나 갑자기 꾀를 내어 기침했다. 그녀는 돌아보았지만 멈춰 서지는 않았고, 둥근 밀짚모자에 매달린 하늘색 굵은 띠를 손으로 넘기며 나를 쳐다보고 조용히 웃더니, 다시 책으로 눈길을 돌렸다.

나는 모자를 벗어들고서 우물쭈물하며 잠시 서 있다가 무거운 마음으로 다른 방향으로 걸어갔다. 'Que suis-je pour elle?'['이 사람에게 나는 뭐란 말인가?'] 왜 그랬는지 모르지만, 프랑스어로 생각했다.

내 뒤에서 익숙한 발걸음 소리가 들려왔다. 뒤를 돌아보니 아버지가 항상 그렇듯 빠르고 가벼운 걸음으로 내게로 오고 있었다.

"방금 그 사람이 공작 딸이냐?" 아버지가 내게 물었다.

"공작 딸이야."

"네가 그 사람을 안단 말이냐?"

"오늘 아침에 공작 부인 댁에서 봤어."

아버지는 걸음을 멈추고 신발 굽으로 급격히 돌아서더니 오던 길로 다시 갔다. 지나이다에게 가까이 다가가자 아버지는 그녀에게 정중히 고개를 숙여 인사했다. 그녀도 아버지에게 고개를 숙였는데 얼굴에는 일종의 놀란 빛이 역력했고 읽고 있던 책을 아래로 내렸다. 나는 그녀가 눈으로 아버지를 어떻게 바라보았는지 보고 말았다. 아버지는 항상 옷차림이 근사했고 독창적이고 단정했다. 내게, 이때보다 아버지의 몸이 더 날렵하게 보인 적이 없었고, 아버지의 약간 숱이 빠진 곱슬머리 위에 얹힌 회색 모자가 이때보다 더 멋져 보인 적이 없었다.

나는 지나이다를 향해서 갔지만, 그녀는 내게 눈길조차 주지 않았고 다시 책을 들어 올려 읽으면서 멀어져 갔다.

VI

나는 그날 저녁과 다음 날 아침을 온통 침울한 침묵 속에서 보냈다. 공부를 좀 해보려고 저명한 카이다노프 역사교과서를 집어 들었지만 검은 것은 글자고 흰 것은 종이였다. '로마황제 율리우스 카이사르는 뛰어난 명장이었다.' 이 말을 열 번쯤 읽었으나 아무것도 이해하지 못한 채 책 읽는 걸 포기했다. 점심을 들기 전 다시 포마드를 바르고 프록코트를 입고 넥타이를 맸다.

"뭐 때문에 그걸 입니?" 어머니가 물었다. "너는 아직 대학생이 아니다. 네가 시험을 통과할지 어쩔지도 모르고. 너한테 재킷을 맞춰준 지가 그렇게나 오래됐느냐? 그걸 내다 버리란 말이냐!"

"손님들이 오잖아요." 낙담하여 나는 중얼거리듯 말했다.

"뭔 쓸데없는 소리니! 그 사람들이 무슨 손님이야!"

어머니 말을 따라야 했다. 나는 프록코트를 벗고 재킷으로 갈아입었지만, 넥타이는 풀지 않았다. 공작 부인이 딸과 함께 점심을 먹기 삼십 분 전에 나타났다. 늙은 부인은 내가 이미 보았던 초록색 드레스 위에 노란 숄을 두르고 불같이 빨간 리본이 달린 유행이 지난 실내용 모자를 썼다. 부인은 곧바로 자기의 어음 얘기를 끄집어내더니 한숨을 쉬며 가난한 처지에 대해 하소연하였고 '징징거렸지'만 조금도 효과는 주지 못했다. 그때처럼 코담배를 시끄럽게 들이마시고 의자에 앉아 제멋대로 몸을 비틀고 엉덩이를 들썩거렸기 때문이다. 자신이 공작 부인이라는 생각을 한 번도 머릿속에 집어넣어 본 적이 없는 사람처럼 보였다. 반면 지나이다는 몸가짐이 엄격했으며 오만하게 보일 정도로 진정한 공작의 딸이었다. 그녀의 얼굴에는 차가운 무표정과 도도함이 서려 있었다. 나는 그녀를 알아보지 못했다. 그녀의 시선을, 그녀의 미소를 알아보지 못했다. 비록 이 새로운 모습에서도 그녀는 너무나 아름다웠지만 말이다. 그녀는 커다란 연청색 무늬가 있는 얇은 모슬린 드레스를 입었고, 그녀의 곱슬머리 머리카락은 기다랗게 뺨을 따라 흘러내렸다. 영국식이었는데 이 머리 모양이 그녀의 차가운 얼굴에 잘 어울렸다. 아버지는 점심때 그녀 옆에 자리를 잡았고 아버지 특유의 세련되고 차분한 정중함으로 옆에 앉은 그녀를 대접했다. 아버지는 가끔 그녀에게 시선을 던졌고 그녀 또한 아버지를 가끔 쳐다보았다. 그런데 이상하게도 거의 쏘아보듯 했다. 그들은 프랑스어로 이야기를 나눴다. 지나이다의 프랑스어 발음이 너무 깨끗해서 내가 깜짝 놀랐던 것을 기억한다. 공작 부인은 식사 때도 그전과 마찬가지로 아무 거리낌 없이 많이 먹으면서 요리를 칭찬했다. 어머니는 부인을 불편해하는 듯 보였고 짜증스러운 멸시 조로 공작 부인의 말에 대꾸했는데 아버지는 가끔 눈썹을 찌푸렸다. 어머니는 지나이다도 탐탁해하지 않았다.

"그 애는 건방져," 다음날 어머니는 말했다. "뭘 그리 자랑스러워하는지 봐봐. avec sa mine de grisette! [그리제트[11]의 외모로 말이야!]"

"당신은 그리제트가 어찌 생겼는지 본 적이 없는 모양이구려." 아버지가 어머니에게 말했다.

"다행스럽게도 본 적이 없죠!"

"그렇지, 다행스러운 일이지……. 다만, 본 적도 없는 사람들에 대해 어떻게 왈가왈부할 수 있소?"

지나이다는 내게 일말의 관심도 보이지 않았다. 점심을 마치자 공작 부인은 곧바로 돌아가겠다며 인사를 했다.

"도와주시리라 기대합니다. 마리야 니꼴라예브나, 표트르 바실리치." 공작 부인은 어머니와 아버지에게 말끝을 길게 늘

---

11 grisette 프랑스어. 단순 노동을 하는 직업에 종사하는 헤프고 바람기 있는 여성을 의미.

이며 말했다. "어쩌겠어요. 한 시절이 있었지요. 그래요, 그 시절은 지나갔어요. 여기 저는, 공작 부인이고." 부인은 불쾌한 웃음소리를 내며 덧붙였다. "먹고살 것도 없는데 명예가 다 뭐예요."

아버지는 부인에게 공손히 고개를 숙여 인사했고 현관문까지 배웅했다. 나는 짧은 재킷을 입고 거기 서서 사형선고를 받은 사람처럼 마루를 쳐다보고 있었다. 나를 대하는 지나이다의 태도에 나는 완전히 죽어버렸다. 그런데 내 옆을 지나가면서, 그녀가 예전에 보였던 사랑스러운 표정을 눈에 가득 담고서 빠르게 속삭였을 때, 내가 얼마나 놀랐겠는가.

"여덟 시에 우리 집에 오세요. 꼭 와요. 알았죠?"

나는 양팔을 벌리기만 했다. 그녀는 머리에 흰 스카프를 두르고 이미 멀어져 가고 있었다.

VII

8시 정각에 나는 프록코트를 입고 머리를 이마 위로 세워 빗어 넘긴 다음 공작 부인 댁이 사는 별채의 현관으로 들어갔다. 늙은 하인이 나를 뚱하게 한번 보더니 벽에 붙은 의자에서 마지못해 일어났다. 응접실에선 즐거운 목소리들이 흘러나왔다. 문을 열자마자 나는 당황하여 놀라서 뒷걸음질 쳤다. 방 한가운데 있는 의자에 공작 아가씨가 손에 남자 모자를 들고 서 있었고, 남자 다섯 명이 그 의자를 빼곡하게 둘러싸고 있었다. 남자들이 모자를 잡으려고 하였지만, 그녀는 모자를 높이 치켜들어 세게 흔들어댔다. 그녀가 나를 보더니 소리쳤다.

"잠깐만, 잠깐만요! 새로운 손님이 왔어요. 이 분께도 티켓을 드려야 해요." 그러더니 의자에서 가볍게 뛰어내려 내 프록코트의 소매를 잡아끌며 말했다. "이쪽으로 오세요. 왜 그리 서 있어요?" "무슈, 당신을 소개해드릴게요. 이분은 뮤슈 볼데마르예요. 우리 이웃 댁의 아드님이지요. 그리고 이분은," 그녀는 나를 보면서 손님들을 차례차례 가리키며 말했다. "말렙스키 백작님, 루신 박사님, 마이다노프 시인, 전역하신 니르마츠키 대위님, 당신이 이미 봤던 벨롭조로프 경기병이에요. 잘 부탁해요."

나는 너무 당황한 나머지 아무에게도 고개를 숙이며 인사하지 못했다. 루신 박사가 정원에서 내게 잔인하게 창피를 줬던 바로 그 가무잡잡한 사람인 것을 알아보았고 나머지는 모르는 사람들이었다.

"백작님!" 지나이다가 계속 말했다. "무슈 볼데마르에게 티켓을 써주세요."

"공정하지 않아요." 백작은 폴란드 억양이 살짝 느껴지는 말투로 대꾸했다. 그는 아주 잘생겼고 세련된 옷차림에 어두운 색 머리와 표정이 풍부한 갈색 눈동자, 좁다랗고 하얀 코와 작달막한 입술 위로 짧은 콧수염이 있는 사람이었다. "우리와 같이 벌칙 놀이를 안 했잖소."

"공정하지 못합니다." 벨롭조로프와 전역한 대위라는 사람이 같은 의견을 말했다. 그는 얼굴에 흉측할 정도로 얽은 자국이 있고 흑인 같은 곱슬머리에다 등이 약간 굽었고, 안짱다리에 견장이 없는 군복 외투를 단추를 채우지 않고 걸쳐 입은 사십 대 초반 정도로 보이는 사람이었다.

"티켓을 쓰라잖아요." 공작 아가씨가 거듭 말했다. "무슨 반

란이에요? 무슈 볼데마르는 오늘 처음 왔잖아요. 그래서 오늘 이분에게는 규칙을 적용하지 마요. 투덜거릴 이유가 없잖아요. 제가 하자는 대로 어서 쓰세요."

백작은 어깨를 으쓱하더니 순종하듯 머리를 숙이고 반지를 여러 개 낀 하얀 손으로 종잇조각을 찢어서 펜을 들고 거기에다 뭔가를 썼다.

"그렇다면 볼데마르 씨에게 무슨 일인지 최소한 설명은 해드려야겠네요." 루신이 조롱하는 투로 입을 열었다. "그렇지 않으면 이분은 완전히 얼떨떨할 거예요. 이봐요, 젊은 친구, 우리가 벌칙 놀이를 했는데 공작 아가씨가 걸렸어요. 무슨 말이냐 하면 행운의 티켓을 뽑는 사람이 아가씨 손에 키스할 기회를 얻는 것이지요. 내 말 알아들었어요?"

나는 그를 한번 쳐다보기만 했을 뿐 안개에 갇힌 듯 멍하니 계속 서 있었다. 공작 아가씨는 다시 의자로 뛰어 올라가 모자를 위로 치켜들고 흔들어댔다. 모두 그녀에게로 손을 뻗었고 나 역시 그들을 따라 했다.

"마이다노프," 공작 아가씨가 야윈 얼굴과 작고 흐린 눈빛에 엄청나게 기다란 검은 머리칼을 가진 키가 큰 젊은이에게 말했다.

"당신은 시인이니까 관대하셔야지요. 당신의 티켓을 무슈 볼데마르에게 양보하셔서 이분이 기회를 한 번이 아니라 두 번

가질 수 있도록 하시지요."

그러나 마이다노프가 거절하는 의미로 고개를 가로젓자, 머리카락이 흔들거렸다. 나는 마지막 순서로 모자에 손을 집어넣었고 티켓을 집어 펼쳐보았다. 맙소사! 티켓에 쓰인 '키스'라는 단어를 본 순간 나는 어떻게 되었던가!

"키스!" 나도 모르게 소리쳤다.

"브라보! 이분이 이겼네요!" 공작 아가씨가 덩달아 소리쳤다. "정말 기쁘군요!" 그녀가 의자에서 내려와 빛나고 달콤한 눈으로 내 눈을 바라보았고 내 심장은 쿵쾅거렸다. "기쁜가요?" 그녀가 내게 물었다.

"저요?" 중얼거리듯 나는 말했다.

"티켓을 나한테 파세요," 벨롭조로프가 내 귓전에 바짝 대고 불쑥 말했다. "내가 백 루블 주리다."

나는 분노 서린 눈길로 경기병을 노려보는 것으로 응수했고 지나이다는 손뼉을 쳤으며 루신은 "대단한걸!" 하고 외쳤다. 루신이 계속 말했다. "나는 의전관(儀典官)으로서 모든 의전규칙이 잘 지켜지는지 감시해야 합니다. 무슈 볼데마르, 한쪽 무릎을 세우고 앉으세요. 여기선 그것이 규칙입니다."

지나이다는 내 앞으로 와서 마치 나를 더 잘 보기 위해서인 양 한쪽으로 머리를 약간 기울이고, 내게 정중하게 손을 내밀었다. 나는 눈앞이 깜깜해졌다. 한쪽 무릎에 힘을 주어 몸을 숙이려고 했지만 두 무릎을 꿇고 말았다. 그러고 나서 지나이다의 손가락에 너무 어쭙잖게 입을 맞추는 바람에 그녀의 손톱에 코끝이 살짝 긁히고 말았다.

"잘했어!" 루신이 외치더니 내가 일어나도록 도와 주었다.

벌칙 놀이는 계속되었다. 지나이다는 자기 옆에 나를 앉게 했다. 그녀는 별의별 벌칙을 다 고안해냈는데 안 써본 벌칙이 없을 정도였다. 그녀는 '동상' 놀이를 만들었는데 못생긴 니르마츠키를 자신의 받침대로 선택한 다음 그에게 엎드려서 얼굴을 가슴에 묻으라고 했다. 떠들썩한 웃음소리가 한순간도 잦아들지 않았다. 나는 상류층 귀한 집안에서 자라나 교육을 따로 잘 받은 소년이었기에 이 소란과 난리법석이, 이토록 무엄하고 거의 미친듯한 즐거움이, 겪어본 적 없는 낯선 사람들과의 어울림이 머릿속을 점령하는 것 같았다. 나는 와인을 마신 것처럼 취했다. 나는 다른 이들보다 더 큰 소리로 웃고 떠들어서, 이베리야 성문에서 찾아온 관청사무원과 옆방에서 어떤 문제를 논의하고 있었던 늙은 공작 부인마저 나를 보기 위해 방에서 나올 지경이었다.[12] 그러나 어찌나 행복했던지 흔히들 말하듯이 그 누가 비웃어도, 그 누가 흘겨보아도 귓등으로

12 이베리아 성문은 모스크바의 역사박물관 옆에 있었다. 그곳에는 하급관리들이 근무하고 있었는데 개인들이 재판과 관련된 업무를 보기 위해 이곳의 서비스를 이용하였다.

도 듣지 않았고 눈썹 하나 까딱하지도 않았다. 지나이다는 나를 계속 편애하여 자기 옆에서 떼어놓지 않으려 했다. 한 벌칙에서 나는 그녀 옆에 앉아 실크 스카프를 같이 둘러쓰고서 그녀에게 나의 비밀을 말해야만 했다. 숨이 막힐 듯하고, 짙은 향이 나는 어슴푸레한 어스름 속에서 우리 둘의 머리가 얼마나 가까웠는지, 이 그늘 속에서 그녀의 눈동자가 얼마나 가까이 얼마나 부드럽게 빛났는지, 벌어진 입술에서 얼마나 뜨거운 숨을 내쉬었는지, 어떻게 내가 그녀의 치아를 보았는지, 그녀의 머리 끝자락이 얼마나 나를 간질이고 애태웠는지, 나는 기억한다. 나는 침묵했다. 그녀는 신비롭게 그리고 희롱하듯 웃었고 한참 만에 내게 속삭였다. "자, 뭐 해요?" 나는 얼굴만 빨개져서 소리 내어 웃었고 돌아앉아 겨우 숨을 골랐다. 벌칙 놀이가 지루해지자 우리는 줄잡기 놀이를 하였다. 오, 하늘이시여! 내가 멍하게 서 있다가 그녀가 내 손가락을 따끔하게 때렸을 때 얼마나 나는 황홀했던가! 그러고 나서 나는 일부러 멍하게 서 있는 척하려 애썼지만, 그녀는 나를 애타게만 할 뿐 내민 손을 건드리진 않았다.

　그날 저녁 우리가 무슨 짓을 안 했겠는가! 우리는 포르테 피아노를 연주하고 노래를 부르며 춤도 추고 집시 흉내도 냈다. 니르마츠키에게 곰 탈을 씌우고 물과 소금을 실컷 먹였다. 말렙스키 백작은 다양한 카드 속임수를 보여주었고, 카드를 섞더니 모든 으뜸 패만 한꺼번에 모으는 것으로 대미를 장식했으며, 루신이 '축하하는 영광'을 떠안았다. 마이다노프는 검은 표지에 붉은 핏빛 대문자로 제목을 써 출판하려고 했던 자신의 시 '살인자'의 한 대목을 낭독했다 (이 일은 낭만적인 분위기가 최고조로 달했을 때 일어났다). 이베리야 성문 지역에서 온 관청사무원은 무릎에 있던 모자를 뺏기고 돌려받는 대가로 카자크인 춤을 추라는 요구를 받았다. 늙은 하인 보니파티에게는 부인들이 쓰는 실내 모자를 씌우고 공작 아가씨는 남자 모자를 썼다. 우리가 했던 놀이는 다 열거할 수가 없을 정도였다. 벨롭조로프 혼자만 점점 더 일그러지고 화가 난 표정으로 계속 구석에 처박혀 있었다. 가끔 그의 눈이 충혈되더니 몸 전체가 벌겋게 달아올랐고, 조금만 더 기다리면 우리 모두에게 달려들어 우리를 톱밥처럼 사방으로 날려버릴 것처럼 보였다. 그러나 공작 아가씨가 그를 보며 손가락으로 위협하면 그는 다시 자기가 있던 구석으로 돌아가고 마는 것이었다.

우리는 마침내 녹초가 되고 말았다. 공작 부인은 자기 말마따나 부산하게 돌아다니는 사람이어서 어떤 소란도 부인을 곤란하게 하진 않았지만 피곤하다며 쉬고 싶다고 했다. 시간이 밤 열두 시를 향해갈 때 오래되고 딱딱한 치즈와 다진 햄이 들어간 차가운 만두 빵을 저녁으로 내왔다. 내가 먹어본 빵 중에서 가장 맛있었다. 잘못된 것은 와인 병뿐이었는데 병목 부분이

과도하게 부푼 어둡고 이상하게 생긴 병이었다. 와인은 이 병 안에서 분홍색으로 비쳤고 아무도 이 와인을 마시지 않았다. 피곤하기도 하고 쓰러질 정도로 행복한 나는 별채에서 나왔다. 헤어지면서 지나이다는 내 손을 꼭 쥐며 야릇한 미소를 지었다.

내 달아오른 얼굴 위로 밤공기가 불어와 무겁고 축축하게 느껴졌다. 폭풍우가 올 것 같았다. 하늘에는 검은 먹구름이 올라와 모양을 바꾸면서 천천히 움직이고 있었다. 바람은 어두운 나무들을 쉼 없이 흔들었고 저기 저 멀리 지평선 너머에는 천둥이 마치 독백하듯 사납게 그르렁거렸다.

뒷문을 통해 내 방으로 갔다. 내 하인이 바닥에서 자고 있어서 나는 그를 넘어갈 수밖에 없었다. 하인은 잠에서 깨어 나를 보더니, 어머니가 또 내게 화가 나서 저번처럼 나를 데리러 사람을 보내려고 했지만, 아버지가 말렸다고 전해주었다. (나는 어머니에게 저녁 인사도 하지 않고 축복의 말을 듣지 않은 채 잠자리에 든 적은 한 번도 없었다.) 지금은 어찌할 도리가 없지 않은가!

나는 하인에게 옷을 벗고 잠자리에 들겠다고 말하고선 촛불을 껐다. 그러나 나는 옷을 벗지도, 자려고 눕지도 않았다.

나는 의자에 앉아 뭐에 홀린 사람처럼 한참을 그대로 있었다. 내가 느낀 것은 완전히 처음 경험하는 것이고 아주 달콤한 것이었다. 나는 미동도 하지 않은 채 주변을 약간 둘러보면서 천천히 숨을 쉬었다. 그러면서 이따금 기억을 더듬으며 소리 내지 않고 웃기도 하고, 내가 사랑하게 되었고, 그녀가 바로, 그 사랑이라는 생각을 하다 소름이 돋기도 했다. 지나이다의 얼굴이 내 눈앞, 어둠 속에서 조용히 어른거렸다. 계속 어른거리면서 사라지지 않았다. 그녀의 입술은 야릇하게 미소 짓고 있었고 눈동자는 비스듬하게 살짝 옆으로 나를 바라보았다. 무언가를 물어보는 듯, 생각에 잠긴 듯, 사랑스러운 눈초리로, 내가 그녀와 아까 헤어질 때처럼. 그러다가 마침내 나는 일어서서 발끝으로 살금살금 침대로 갔다. 내 안에 가득 찬 생각을 갑작스럽게 움직여 흔들게 될까 봐 겁이 난다는 듯이 옷도 벗지 않고 베개를 베고 누웠다.

눕긴 했지만, 눈조차 감지 않았다. 눕자마자 내 방을 향해 희미한 불빛이 끊이지 않고 반사되는 것을 알아차렸다. 나는 상체를 일으켜 창문 밖을 내다보았다. 창틀이 모호하고 희뿌옇게 보이는 유리창과 구별되어 선명하게 보였다. '폭풍우다'라고 나는 생각했고 확실히 폭풍우였지만 아주 멀리 떨어진 곳에 있어서 천둥소리는 들리지 않았다. 하늘에는 흐릿한 번쩍임과 길게 갈라진 번개가 가득했다. 이 번개는 번쩍거린다기보단 죽어가는 새의 날개처럼 파닥거리고 바르르 떨었다. 나는 자리에서 일어나 창가로 다가가 거기서 아침까지 서 있었다. 번개는 한순간도 멈추지 않았고 이 밤은 사람들이 흔히 말하는 참

새의 밤[13]이었다. 나는 침묵하는 모래 평야와 네스쿠치늬이 공원 전체와 번개가 번뜩이는 순간마다 마치 떨리는 것처럼 보이는 멀찌감치 선 건물들의 누르스름한 외양을 바라보았다. 하염없이 바라보았다. 눈을 뗄 수가 없었다. 이 소리 없는 번개가, 이 억제된 번쩍거림이 내 안에서도 그렇게 요동치고 있는, 아무에게 말하지 못할 비밀스러운 열망에 어울리는 것 같았다. 아침이 밝아오기 시작했다. 첫새벽이 빨간 얼룩무늬를 그리며 깨지고 있었다. 태양이 가까이 오면서 번개가 점점 희미해지고 작아졌다. 선명하고 확연하게 밝아오는 빛에 침식된 번개는 점차로 잦아들더니 마침내 사라졌다.

내 마음속에서 나의 번개도 사라졌다. 나는 극도로 피곤했고 적막을 느꼈다. 그러나 지나이다의 모습은 내 마음을 지배하며 계속해서 나를 떠나지 않았다. 지나이다의 모습만이 평화로워 보였다. 습지의 풀에서 날아오른 백조처럼 그녀의 모습은 주변의 다른 흉한 형상들과는 구별되어 두드러져 보였고, 나는 졸면서 진심 어린 흠모의 마음으로 마지막으로 이 모습을 꼭 껴안았다……

아, 그 포근한 느낌, 부드러운 소리, 사랑에 의해 움직인 영혼의 자비로움과 평온함, 처음 느끼는 사랑의 감격으로 넘쳐나는 기쁨, 그대들은 어디로 갔을까, 그대들은 지금 어디에 있는가?

---

13 폭풍우나 마른번개가 끊이지 않고 치는 짧은 여름밤.

VIII

다음 날 아침 차를 마시러 내려갔을 때 어머니는 나를 야단치면서 (내가 예상한 것보다는 약했지만) 전날 저녁을 어떻게 보냈는지 이야기하라고 추궁했다. 나는 간단하게 몇 마디 이야기해주면서, 자세한 부분은 빼버리고 전체적으로 흠이 없는 느낌을 주려고 노력하였다.

"어쨌든 그 사람들은 comme il faut[14] [품위가 없어]" 어머니가 말했다. "너는 시험 준비하고 공부나 해야지, 그 사람들과 쓸데없이 어울릴 일 없다."

나는 공부에 대한 어머니의 걱정이 이 짧은 말로 끝난다는 것을 알았기 때문에 어머니에게 대꾸할 필요가 없다고 생각했다. 그런데 차를 마시고 나자 아버지는 내 팔을 잡아끌고 정원으로 데려가서 내가 자세키나 공작 부인 댁에서 본 것을 전부

14　comme il faut 품위 있는, 훌륭한　프랑스어. 본문에는 부정어와 함께 품위가 없다는 뜻으로 쓰임.

말하라고 했다.

아버지는 이상한 영향력을 내게 발휘했고 우리 관계는 아주 특이했다. 아버지는 나를 양육하는 일에 거의 관여하지 않았고 나를 모욕한 일도 한 번도 없었다. 아버지는 내 자유를 존중했고 심지어, 이렇게 표현해도 된다면, 내게 정중하기까지 했다……. 그런데 아버지는 내게 곁을 주지 않았다. 나는 아버지를 사랑했고 감탄했다. 아버지는 내게 남자의 전형처럼 보였다. 만약 아버지의 거부하는 손길을 지속해서 느끼지 않았다면 나는 정말 아버지에게 얼마나 강렬한 애착을 느꼈을 것인가! 그 대신 아버지가 원할 때는, 한마디 말로 혹은 단 한 번의 행동으로 단번에, 아버지는 내 안에서 당신에 대한 조건 없는 신뢰가 살아나도록 만들었다. 내 마음은 활짝 열려서 지혜로운 친구나 너그러운 조언자와 같이 있을 때처럼 아버지와 수다를 떨었다……. 그러고 나면 아버지는 갑자기 자리를 떴고 그의 손은 다시금 나를 거부했다. 다정하고 부드럽게, 그렇지만 나를 밀어냈다.

아버지에게서도 가끔 쾌활한 면을 볼 수 있었다. 그가 어린 소년처럼 나와 떠들고 장난치려고 할 때 말이다 (아버지는 모든 종류의 과격한 몸싸움을 좋아했다). 한 번은 이런 일이 있었다. 딱 한 번이다! 아버지가 그지없이 다정한 손길로 나를 쓰다듬었을 때 왈칵 울음이 쏟아질 뻔했다……. 그러나 그의 쾌활함도, 다정함도 자취를 남기지 않고 갑자기 사라져버리기 일쑤였고, 우리 사이에 있었던 일은 앞으로 그런 일이 또 있을 거라는 희망을 내게 결코 주지 못했다. 나는 이 모든 일을 마치 꿈에서 겪은 듯했다. 이를테면 이런 것이다. 나는 잘생기고 지적인 아버지의 환한 얼굴을 응시하고 있다……. 심장이 떨리면서 내 모든 존재가 그에게로 집중된다……. 그는 내 마음속에서 무슨 일이 일어나고 있나를 감지하고서 내 뺨을 살짝 두드린다. 그런 다음 그는 곧바로 나가거나 다른 일에 몰두하거나, 혼자만 방법을 안다는 듯이 갑자기 온몸이 굳어진다. 그러면 나도 곧 움츠러들면서 차가워진다. 내게 보인 아버지 태도의 급격한 변화는, 말은 안 하지만 짐작되는 아들의 열망 때문은 아니었다. 그런 변화는 항상 불쑥 찾아왔다. 훗날 아버지의 성격을 되새겨보면서 나는 이런 결론에 이르렀다. 아버지는 나를 돌볼 겨를도, 가정생활에 신경 쓸 여유도 없었던 것이다. 그는 다른 것을 좋아했고 이 다른 것에 완전히 푹 빠져 있었다. "네가 취할 수 있는 것은 네가 가져라, 굴복하지 마라. 오직 너 자신이 되라. 여기에 삶의 모든 비결이 있다." 언젠가 아버지가 이렇게 말했다. 한번은 혈기왕성한 민주주의자로서 나는, 아버지와 자유에 대해 논한 적이 있다. (그날 그는, 내가 말했듯이, ′다정한 아버지′여서 무슨 말이든 거리낌 없이 할 수 있었다.)

"자유." 그가 내 말을 따라 했다. "무엇이 사람에게 자유를 줄 수 있는지 넌 아느냐?"

"뭔데?"

"의지란다, 자신의 의지. 게다가 의지는 권력도 준단다, 자유보다 더 좋은 거지. 원하는 법을 배워라. 그러면 너는 자유로운 사람, 다스리는 사람이 될 거다."

나의 아버지는 그 무엇보다도, 그 어떤 것보다도 사는 것을 원했다. 그리고 살았다……. 어쩌면 그는 '비결'을 그리 오랫동안 사용할 수 없으리라는 것을 직감하고 있었을지도 모른다. 아버지의 생은 42세에 멈추었다.

나는 자세키나 공작 부인 댁에서 있었던 일을 아버지에게 소상하게 털어놓았다. 아버지는 벤치에 앉아 모래에 채찍 끝으로 뭔가를 그리면서 관심이 있는 듯 없는 듯 내 이야기를 들었다. 그는 이따금 웃음을 터뜨리거나 호기심 어린 눈으로 나를 밝게 쳐다보기도 하고 짧은 질문이나 의견을 말하면서 이야기의 흥을 돋우었다. 처음에는 지나이다의 이름을 내 입 밖에 꺼내는 것조차 망설였지만 참지 못하고 그녀를 칭송하기 시작했다. 아버지는 계속해서 짧게 웃었다. 이야기가 끝나자 그는 뭔가를 골똘히 생각하더니 기지개를 켜고 자리에서 일어났다.

나는 집을 나설 때 아버지가 말에 안장을 얹으라고 지시했던 것이 생각났다. 아버지는 말을 잘 탔다. 레리[15] 씨보다 훨씬 더 빨리 아주 거친 야생마를 길들였다.

"아빠, 나도 같이 갈까?" 나는 아버지에게 물었다.

"됐다." 아버지가 대답했을 때 그의 얼굴에는 예전처럼 상냥하지만 무심한 표정이 서려 있었다. "가고 싶으면 혼자 가거라. 마부에게 나는 가지 않겠다고 말하고."

아버지는 내게 등을 보이며 돌아섰고 서둘러 자리를 떴다. 나는 눈길로 아버지를 뒤쫓았는데 그는 이내 대문 너머로 사라졌다. 나는 그의 모자가 담장을 따라 어떻게 움직이는지를 바라보았다. 그는 자세키나 공작 부인네로 들어갔다. 아버지는 그 집에 한 시간이 안 되게 머물렀고 곧바로 시내로 갔다가 저녁이 다 돼서야 집으로 돌아왔다.

점심을 먹은 후 나도 자세키나 공작 부인 댁에 갔다. 응접실에는 늙은 공작 부인이 혼자 앉아있었다. 나를 보더니 부인은 뜨개바늘을 실내용 모자 밑으로 집어넣어 머리를 긁더니, 느닷없이 내가 그녀의 청원서를 정서해줄 수 있는지 물었다.

"물론입니다,"라고 대답하고 나는 의자 끝에 걸터앉았다.

"여기다 가능한 큰 글씨로 써주세요." 내게 더러워진 종이 한 장을 내밀며 공작 부인은 말했다. "오늘 써주시면 안 되나, 도련님?"

---

15 B. J. S. Rerey 미국 출신 이민자, 당시 공수병에 걸린 말을 길들이는 대단한 기술을 선보여 유럽을 떠들썩하게 했던 인물.

"오늘 바로 써드리겠습니다, 마님."

옆방에서 문이 살짝 열리더니 그 틈으로 지나이다의 얼굴이 보였다. 창백하고 생각에 잠긴 듯한 얼굴에 머리카락은 되는대로 뒤로 넘긴 모습이었다. 그녀는 크고 차가운 눈으로 나를 바라보더니 조용히 문을 닫았다.

"지나, 지나!" 늙은 부인이 불렀다.

지나이다는 대답하지 않았다. 나는 노파의 부탁을 들어주느라 저녁 내내 그 집에 붙어있었다.

IX

나의 '열정'이 이날부터 시작되었다. 나는 그때 뭔가, 군대에 막 들어간 사람이 느낄만한 것을 느꼈던 것으로 기억한다. 나는 더는 단순한 어린 소년이 아니었다. 나는 사랑에 빠졌다. 그날부터 내 열정이 시작되었다고 말했지만 바로 그날부터 나의 고통도 시작되었다고 덧붙이고 싶다. 지나이다가 없을 때면 나는 몹시 괴로웠다. 머릿속에는 아무 생각도 나지 않았고 아무것도 손에 잡히지 않았다. 나는 온종일 애타게 그녀에 대해 생각했다……. 나는 괴로웠다……. 그런데 그녀가 곁에 있어도 기분이 나아지지는 않았다. 나는 질투했고 내가 아무것도 아님을 느끼기도 했다. 나는 멍청하게 골을 냈고 바보같이 비굴하게 굴었다. 그러나 그럼에도 불구하고 저항할 수 없는 힘이 나를 그녀에게로 이끌었고 나는 매번 행복으로 몸이 저절로 떨리는 것을 느끼며 그녀의 방문을 넘나들었다. 지나이다는 내가 그녀를 사랑하게 되었다는 것을 곧바로 알아챘고 나 또한 애써

숨기려 하지 않았다. 그녀는 나의 열정을 조롱하고, 나를 놀리고 어르기도 하고 애도 태웠다. 어떤 사람에게 말할 수 없이 거대한 기쁨과 이루 표현할 수 없는 슬픔의 유일한 원천이 된다는 것, 책임지지 않아도 될 절대적인 이유가 된다는 것은 달콤한 일일 것이다. 나는 지나이다의 손안에 잡힌 말랑말랑한 밀랍과도 같았다. 그런데 그녀에게 빠져있던 사람이 나 혼자만이 아니었다. 그녀의 집을 드나드는 모든 남자가 그녀에게 넋이 나가 있었다. 그녀는 그들 모두를 사슬로 묶어 자기 발아래 두었다. 그녀는 그들 안에서 때로는 희망을, 때로는 불안을 불러일으키며 자기 마음이 내키는 대로 그들을 휘둘렀다 (그녀는 이것을 '사람들이 함께 치고받는다'라고 표현했다). 그런데 그들은 그녀에게 저항하려는 생각은 하지도 않은 채 자발적으로 그녀에게 복종했다. 그녀의 존재, 생명력이 넘치는 아름다운 존재는 기지와 낙천성, 꾸밈과 소탈함, 얌전함과 활발함이 뒤섞인 뭔가 굉장히 매혹적인 조합을 만들어냈다. 그녀가 말하고 행동하는 모든 것, 그녀의 동작 하나하나에는 섬세하고 경쾌한 매력이 녹아있었고 모든 것에 그녀 특유의 연기력이 표현되었다. 그녀의 표정은 변화무쌍했고 일부러 연기력을 발휘하기도 했다. 조소하는 빛과 사려 깊은 표정, 정열적인 표정이 얼굴에 거의 동시에 나타날 때도 있었다. 햇살 가득한 바람 부는 날 구름 그림자같이 가볍고 빠르고 다양한 감정들이 그녀의 눈가와 입가를 쉴 새 없이 스쳤다.

그녀를 숭배하는 이들 한 사람 한 사람이 그녀에게는 다 필요한 사람들이었다. 그녀가 이따금 '우리 야수'라고, 때로는 그냥 '우리'라고 불렀던 벨롭조로프는, 그녀를 위해서라면 불 속에라도 뛰어들 태세였다. 자신의 지적 능력이나 여러 속성에 자신이 없으면서도 그는 계속 지나이다에게 청혼을 해댔다. 다른 사람들은 말로만 떠들 뿐이라고 암시하면서 말이다. 마이다노프는 그녀의 영혼이 가진 서정적인 면에 어울리는 사람이었다. 거의 모든 작가가 그러는 것처럼 꽤 차가운 사람이며, 그가 그녀를 아주 좋아한다고 믿도록 그녀를, 어쩌면 자기 자신조차 억지로 설득했다. 그녀를 칭송하는 끝없이 이어지는 시를 써서 어딘가 부자연스럽기도 하고 진심인 것 같기도 한 벅찬 황홀함으로 그녀에게 읽어주었다. 그녀도 그를 동정했고 악의없이 그를 약간 놀려댔다. 그녀는 그를 그다지 믿지 않았고, 분출하는 듯한 그의 시들을 실컷 들은 뒤에는 그에게 푸시킨의 시를 읽게 했다. 그녀가 말한 대로 공기를 정화하기 위해서말이다. 조소적이고 냉소적인 말을 잘하는 사람인 루신 박사는 누구보다도 그녀를 잘 알았고 그녀가 있는 자리에서나 없는 자리에서나 그녀를 나무라곤 했지만, 그 누구보다 그녀를 사랑했다. 그녀는 그를 존경했으나 그를 그대로 놔두지는 않았다. 그가 그녀의 손안에 있음을 느끼게 해서 이따금 특별히 악의적인 만족감을 느꼈다. "나는 교태부리는 여자예요, 심장이 없죠, 나는 타고난 배우예요." 그녀가 언젠가 내가 있는 자리에서 그에게 말했다. "음, 좋아요! 그렇게 손을 내밀어 보세요. 저는 그 손에 핀을 꽂을 거예요. 이 젊은 청년 앞에서 당신은 창피하겠지요. 아프기도 할 거예요. 그렇지만 어쨌든 당신, 미스터 정직 씨, 웃어주시옵소서." 루신은 얼굴이 빨개졌고 얼굴을 돌리고 입술을 깨물었지만, 손을 내놓는 것으로 상황은 끝났다. 그녀는 그의 손을 핀으로 찔렀고 그는 정말 웃기 시작했다……. 그녀도 핀을 꽤 깊이 찔러 넣어 아파서 어찌할 줄 모르며 이쪽저쪽으로 마구 돌아가는 그의 눈동자를 똑바로 바라보며 웃었다.

지나이다와 말렙스키 백작과의 관계를 나는 가장 잘 이해하지 못했다. 그는 괜찮은 사람이었고 능란하고 똑똑했으나 그에게 있는 무언가 의심스럽고 위선적인 것이 열여섯 살인 나에게조차 느껴졌다. 나는 지나이다가 그의 이런 모습을 알아채지 못하는 사실이 놀라웠다. 어쩌면 그녀는 이 위선을 알아차렸지만 혐오하지는 않았을지도 모른다. 올바르지 못한 교육, 이상한 지인들과 생활습관, 항상 옆에 붙어있는 어머니, 가난하고 어수선한 집, 이 젊은 아가씨가 누렸던 자유와 그녀가 자기 주변 사람들보다 우월하다는 인식에서 시작된 모든 것이 그녀 안에서 무심한 듯 태평하고 수더분한 면을 발달시켰다. 무슨 일이 일어나든, 하인 보니파티가 설탕이 떨어졌다고 하든 말든, 어떤 쓸데없는 험담이 밖으로 새나가든 말든, 손님들이 싸우든 말든 그녀는 곱슬머리 머리카락을 휘날리며 말할 것이다. '별일 아냐!' 슬픔도 그녀에겐 시시한 일이다[6].

그렇지만 나는 온몸의 피가 끓어오를 것 같은 때가 종종 있었다. 말렙스키가 그녀에게 다가가 여우처럼 교활하게 거들먹거리며 그녀의 의자 등에 세련되게 기대고 서서, 자아도취적인 알랑거리는 미소를 지으며 그녀의 귀에 대고 속삭이기 시작하면, 지나이다가 두 손을 포개 가슴에 얹고 그를 지긋이 응시한 채 미소를 지으며 고개를 끄덕일 때 말이다.

"무슨 까닭으로 말렙스키 씨를 자꾸 오도록 놔두나요?" 어느 날 나는 그녀에게 물었다.

"콧수염이 멋지잖아요," 그녀가 대답했다. "어쨌든 당신이 상관할 바는 아니죠."

"내가 그를 사랑한다고 생각하는 건 아니겠지요?" 한번은 그녀가 내게 물었다. "아니에요. 내가 위에서 내려다볼 수밖에 없는 사람들은 사랑할 수가 없어요. 나는 나를 꺾을 수 있는 사람이 필요해요……. 그렇지만 그런 사람과 만나진 않을 거예요, 얼마나 다행인가요! 누군가의 손아귀에 들어가진 않을 거예요, 절대로, 절대!"

---

16 걱정하거나 행동해야 할 때 애달아 하지 않고 느긋한 사람을 일컫는 관용구.

"그러면 당신은 사랑하지 않을 작정인가요?"

"당신 말인가요? 제가 당신을 정녕 사랑하지 않나요?" 이렇게 말하고선 그녀는 장갑 끝 부분으로 내 코를 툭 쳤다.

그렇다. 지나이다는 나를 심하게 골려 댔다. 3주 내내 나는 매일 그녀를 보았고, 그녀는 나를 갖고 노느라 얼마나 바빴던 가! 그녀가 우리 집에 오는 일은 아주 드물었지만 나는 이에 대해 애석해 하지 않았다. 그녀는 우리 집에선 양가 댁 규수로, 공작 아가씨로 변신하였고 나는 그녀를 피했다. 어머니 앞에서 자신을 까발리는 것이 두려웠던 것이다. 어머니는 지나이다에게 호의를 전혀 보이지 않았고, 반감을 품고서 우리를 감시했다. 아버지는 그리 두려워하지 않았다. 아버지는 나를 의식하지 않는 듯 보였기 때문이다. 아버지는 지나이다에게 그리 많은 말을 걸진 않았지만 하는 말은 특별히 유식하고 중요해 보였다. 나는 시험 준비와 독서를 중단했다. 나는 심지어 동네를 산책하거나 말을 타고 돌아다니는 것조차 그만두었다. 식물 줄기에 달라붙은 딱정벌레처럼 나는 항상 사랑하는 별채 주변에서 얼쩡거리며, 그곳에 영원히 남아 있었으면 하고 생각하였다. 그러나 이 바람은 불가능한 것이었다. 어머니는 화가 나 내게 잔소리를 해댔고 때로는 지나이다도 나를 내쫓았다. 그러면 나는 방에 처박혀 있거나, 정원 끝까지 걸어나가 돌로 만든 높다란 온실이 허물어진 곳에 올라가 도로로 이어지는 벽에 다리를 늘어뜨린 채 몇 시간이고 앉아서 아무것도 없는 허공을 바라보고 또 바라보았다. 내 주변에는 먼지가 자욱한 쐐기풀을 따라 하얀 나비가 게으르게 이리저리 날아다녔다. 멀지 않은 곳에선 민첩한 참새가 반쯤 망가진 빨간 벽돌에 앉아있었고 꼬리를 내리고 몸 전체를 끊임없이 뒤틀면서 신경질적으로 지저귀었다. 의심 많은 까마귀는 헐벗은 자작나무 높디높은 꼭대기에 앉아 이따금 깍깍 울어댔다. 태양과 바람은 듬성듬성한 자작나무 가지에서 조용히 놀고 있었다. 돈스코이 수도원[17] 종소리가 이따금 평온하고도 서글프게 날아들었다. 나는 그곳에 앉아 주변을 바라보며 들려오는 소리를 들었는데, 슬픔도, 기쁨도, 미래에 대한 예감도, 희망도, 그리고 삶의 두려움도 녹아있는 모든 감정으로, 딱히 뭐라고 한마디로 표현할 수 없는 느낌으로 충만해 있었다. 하지만 그때는 이것 중에서 어떤 한 감정도 이해할 수 없었고 내 안에 요동치던 것들을 형언조차 할 수 없었다. 그렇지 않으면 단 하나의 이름으로 이 모든 것을 설명할 수 있었을 것이다, 지나이다라는 이름으로.

지나이다는 고양이가 쥐를 가지고 노는 것처럼 여전히 나를 가지고 놀았다. 그녀가 내게 애교를 떨면 나는 들떠서 녹아내렸고, 그녀가 나를 갑자기 밀어내면 나는 그녀에게 가까이 갈 수도, 그녀를 쳐다볼 수도 없었다.

---

17 돈스코이 수도원 16세기에 표도르 이바노비치 황제가 모스크바에 세운 사원.

지나이다가 며칠 동안 연이어 내게 차갑게 대한 일이 기억
난다. 나는 완전히 소심해져서 겁쟁이처럼 별채 공작댁으로 가
서는, 늙은 공작 부인이 욕설을 심하게 퍼붓고 소리를 질러댔
음에도 불구하고 계속 부인 주위에 있으려고 애를 썼다. 어음
과 관련된 일에 문제가 좀 있어서 부인은 경찰서에 가 벌써 두
번이나 해명을 한 모양이었다.

한번은 내가 정원에서 공작댁 담장 곁을 지나고 있었는데
지나이다가 보였다. 그녀는 두 팔을 뒤로 짚고 앉아 꼼짝도 하
지 않고 있었다. 나는 조심스레 멀어지려고 했으나 그녀가 갑
자기 고개를 들고 내게 명령하는 몸짓을 했다. 나는 자리에 얼
어붙었다. 그녀가 뭘 원하는지 내가 바로 알아차리지 못하자
그녀는 다시 한 번 명령하는 몸짓을 했다. 나는 바로 담장을
뛰어넘어 그녀에게 기쁘게 달려갔다. 그러나 그녀는 눈짓으로
나를 멈추게 하더니 그녀로부터 두 걸음 떨어진 오솔길을 가
리켰다. 당황하여 어찌할 바를 몰라 나는 길가에 무릎을 꿇고
앉았다. 그녀는 너무나도 창백했다. 쓰디쓴 슬픔과 지독한 피
곤함이 그녀의 면면에 드러나 있어 내 심장이 조여 왔고 나도
모르게 중얼거리듯 물었다.

"무슨 일이 있는 거지요?"

지나이다는 손을 뻗어 어떤 풀을 뜯어 입으로 베어 물더니
저 멀리 던져버렸다.

"당신은 나를 많이 사랑하시죠?" 한참 만에 그녀가 물었다. "그렇죠?"

나는 아무 말도 하지 않았다. 내가 뭐하러 대답하겠는가?

"그렇죠?" 그녀는 예전처럼 나를 바라보며 되풀이해서 말했다. "맞아요. 바로 그 눈이에요." 이렇게 말하고선 뭔가를 골똘히 생각하더니 그녀는 손으로 얼굴을 감쌌다. "모든 것이 끔찍해요." 그녀가 속삭이듯 말했다. "세상 끝까지 가버렸으면 좋겠어. 나는 이 일을 견딜 수 없어요. 감당할 수 없어요 ……. 앞으로 무슨 일이 나를 기다리고 있을까요! 힘들어요……. 이렇게도 힘들 줄이야!"

"무슨 일입니까?" 나는 소심하게 물었다.

지나이다는 내게 대답하지 않았고 어깨만 한번 으쓱해 보일 뿐이었다. 나는 계속 무릎을 꿇고 앉아 깊이 낙담하여 그녀를 바라보았다. 그녀가 방금 한 말 하나하나가 파편이 되어 내 심장에 박혔다. 그 순간 내가 그녀의 슬픔을 거둘 수만 있다면 내 삶을 기꺼이 바칠 수 있을 것 같았다. 나는 그녀를 지긋이 바라보며, 그녀가 왜 그렇게 힘든지 알지 못하지만, 통제할 수 없는 슬픔의 발작으로 그녀가 갑자기 어떻게 정원으로 가는지를, 그리고 마치 풀이 베이는 것처럼 땅에 쓰러지는 것을 생생하게 상상했다. 사방이 환하고 초록빛으로 빛났다. 바람은 나뭇잎 가운데서 바스락거렸고 가끔 지나이다의 머리 위에 있는 기다란 산딸기 나뭇가지를 흔들었다. 어디선가 비둘기가 구구구 울고, 듬성듬성 나 있는 풀 위를 꿀벌들이 날아다니며 윙윙거렸다. 저 위의 하늘은 온화하게 푸르렀다. 그렇지만 나는 아주 슬펐다…….

"아무 시라도 읊어주시겠어요?" 지나이다가 낮은 소리로 중얼거리듯 말하며 팔꿈치로 얼굴을 받쳤다. "나는 당신이 시를 낭송할 때가 좋아요. 당신은 노래하듯이 낭송하지만, 괜찮아요, 젊은 거죠. 〈그루지야[18]의 언덕에서〉를 읊어주세요. 일단 먼저 앉으세요."

나는 앉아서 〈그루지야의 언덕에서〉를 읊었다.

"'심장[19]은 사랑하지 않을 수가 없으므로'" 지나이다는 이 시구를 따라 했다. "시가 이 대목 때문에 좋아요. 이 시는 존재하지 않는 것을 노래하죠, 또, 존재하는 것보다 더 좋을뿐더러 진실에 더 가까운 것을 노래하고 있네요……. '심장은 사랑하지 않을 수가 없으므로' 사랑하고 싶지 않지만 그럴 수가 없구나!" 그녀는 또다시 침묵하더니 갑자기 기운을 차리고 일어섰다. "그만 가지요. 엄마와 마이다노프 씨가 같이 있어요. 그분이 내게 직접 쓴 시를 가져왔는데 제가 그분을 두고 나왔네요.

---

18 그루지야는 지금의 '조지아'를 말함. 〈그루지야의 언덕에서〉는 푸시킨의 시.

19 소설 본문에는 '심장' 대신 '이것'이라 나와 있으나 푸시킨의 시에서 '이것'이 '심장'을 말하고 있으므로 '심장'으로 번역함.

그도 지금 괴로울 거예요……. 어쩌겠어요. 당신도 언젠가는 알게 되겠지요……. 저 때문에 맘 상해하지 마세요."

지나이다는 서둘러 내 손을 잡더니 앞서서 뛰었다. 우리가 별채에 들어가자 마이다노프가 방금 인쇄된 자신의 작품 〈살인자〉를 읽어주었지만 나는 귀 기울여 듣지 않았다. 그는 자신의 약강격(弱强格) 4운각의 시를, 노래를 부르듯 말끝을 길게 늘여서 소리 높여 낭송했다. 리듬은 반복되었고 종소리처럼 내용 없이 크게 울려 퍼졌다. 나는 지나이다를 줄곧 바라보며 그녀가 한 마지막 말이 무슨 의미인지 파악하려 내내 애쓰고 있었다.

그렇지 않다면, 숨겨둔 연적이
불현듯 너의 마음을 사로잡았느냐?

마이다노프가 갑자기 콧소리로 소리쳤다. 그때 나의 눈과 지나이다의 눈이 마주쳤다. 그녀는 눈을 내리깔며 얼굴을 살짝 붉혔다. 그녀의 얼굴이 붉어지는 것을 보자 나는 놀란 나머지 얼어붙고 말았다. 나는 이미 오래전부터 그녀 때문에 질투에 사로잡혀 있었지만 바로 그 순간이 되어서야 그녀가 사랑에 빠졌다는 생각이 번뜩 들었다. "이를 어째! 그녀가 사랑에 빠졌어!"

X

진정한 나의 고통은 바로 그 순간에 시작되었다. 나는 머리가 빠개지도록 고민하면서 생각하고 또 생각하고 다시 생각하면서 될 수 있는 한 들키지 않게, 그러나 집요하게 지나이다를 관찰했다. 그녀 안에서 변화가 일었다. 이는 명확했다. 그녀는 혼자 산책하러 나가 오랫동안 돌아오지 않곤 했다. 그녀는 때로 손님들 앞에 나타나지도 않고서 몇 시간이고 혼자 방 안에 틀어박혀 있었다. 예전에는 그녀에게 이런 일이 없었다. 나는 지극히 통찰력 있는 사람이 되었거나, 최소한 스스로 보기에 그런 사람이 되어 있는 것 같았다. '그 남자가 아닐까? 아니면 저 남자일까?' 지나이다를 흠모하는 남자들을 마음속에서 생각하다, 초조하게 나 혼자 묻고 대답했다. 나는 말렙스키 백작이 (내가 이런 생각을 떠올려서 지나이다에겐 부끄러웠지만) 다른 이들보다 더 위험한 것 같다고 몰래 생각했다.

나의 관찰력은 내 코앞 너머를 보지 못했고 나의 숨겨둔 비밀은 아무도 속이질 못했다. 최소한 루신 박사는 나를 곧바로 간파했다. 그런데 그도 최근 변한 것 같았다. 살이 빠졌고 예전만큼 자주 웃긴 했지만, 사악해 보일 정도로 소리를 죽여 짧게 웃었다. 예의 가벼운 빈정댐과 공격적인 냉소 대신 신경질적인 예민함이 그 안에 자리 잡았다.

"뭐하러 이 집에 자꾸 드나드는 거요, 젊은 친구?" 자세키나 공작 부인 댁 거실에 나와 둘만 남겨졌을 때 그가 갑자기 물었다. (지나이다는 아직 산책에서 돌아오지 않았고 공작 부인의 새된 목소리가, 부인이 하녀에게 욕을 해대고 있어서, 위에서 들려왔다.) "공부하고 배우고 해야지. 그런 것도 다 때가 있는 법이오. 근데 여기서 뭘 하고 있소?"

"내가 집에서 공부를 하는지 안 하는지 박사님은 모르시잖아요." 나는 약간 거만하게 대꾸했지만, 당황한 표도 내고 말았다.

"무슨 공부가 되겠소! 머릿속에 딴생각이 가득한데. 그렇지, 말싸움하지 않으리다. 당신네 나이엔 다들 그렇지. 그런데 당신이 고른 것은 상당히 좋지 않은 선택이오. 이 집이 어떤 곳인지 정말 안 보인단 말이오?"

"무슨 말씀이신지 모르겠습니다." 나는 말했다.

"모르겠다? 그렇다면 당신에겐 더 안된 일이오. 나는 젊은 이에게 주의를 시켜야 한다고 생각하오. 혼자 사는 늙은이인 우리 형은 여기에 드나들어도 괜찮소. 우리에게야 무슨 일이 있겠소? 우리는 단련된 사람들이라오. 무슨 꼬투리를 잡아도 우리는 까딱없지. 그런데 당신 피부는 아직 연약하고 순수하오. 여기 공기는 당신에게 나빠요. 내 말을 들어요, 전염될 수 있소."

"어찌 그럴 수가 있단 말입니까?"

"그럴 수 있소. 지금 자신이 정말 건강하단 말이오? 지금 정상적인 상태에 있다고 믿소? 본인이 느끼고 있는 것이 정말로 자신에게 유익하고 바람직하다고 생각하오?"

"제가 뭘 느끼고 있는데요?" 나는 말했다. 그러나 마음속으로는 박사가 옳은 말을 한다고 인정하고 있었다.

"아이고, 이 친구야, 이 친구야." 박사는 이 한마디 말에 정말 나를 모욕하는 무언가가 있는 듯한 어조로 말을 이어갔다. "어디서 머리를 굴려요? 아직 당신은 맘속에 뭘 생각하든 표정에 드러나요, 다행스러운 일이지. 이러쿵저러쿵 말한들 뭐하겠나. 나는 이곳에 드나들지 않았을 거요, 만약에 (박사는 이를 악물었다)⋯⋯. 만약에 내가 이런 괴짜가 아니었다면. 내가 여기서 놀라는 점 하나는, 당신 같은, 명석한 젊은이가 바로 당신 옆에서 무슨 일이 벌어지고 있는지를 보지 못한다는 거요."

"무슨 일이 벌어지고 있는데요?" 곧바로 맞받아친 다음 나는 정신을 바짝 차리고 다음 말을 기다렸다.

박사는 조롱이 섞인 듯한 연민의 눈길로 나를 바라보았다.

"나는 뭐 좋은 사람이라고." 그가 독백하듯 중얼거렸다. "그렇지만 이 사람에게 이것은 꼭 얘기해줘야 해. 한마디로 말해서," 목소리를 높이더니 그가 말했다. "다시 한 번 말하는데 여기 공기는 젊은이에게 적합하지 않소. 여기 있는 게 좋아요? 그래서 뭐가 어떻다는 건데요? 온실에서도 향기는 나지요. 그렇지만 거기서 살지는 못해요. 이봐요! 내 말을 들어요, 카이다노프 역사교과서 공부나 하시오!"

공작 부인이 거실로 나왔고 치통이 있다고 박사에게 하소연하기 시작했다. 조금 있다 지나이다가 나타났다.

"저것 좀 봐," 공작 부인이 말했다. "박사님, 쟤 좀 나무라세요. 온종일 저렇게 얼음물을 마셔대요. 쟤 가슴이 약한데 그러면 되겠어요?"

"왜 그러는 거지요?" 루신 박사가 물었다.

"그렇게 하면 왜 안 되는데요?"

"뭐라고요? 그러면 감기에 걸려 죽을 수도 있어요."

"정말이에요? 진짜예요? 그렇다면, 할 수 없지 뭐!"

"아이쿠, 이런!" 박사가 투덜거리듯 말했다.

공작 부인은 거실을 나갔다.

"아이쿠, 이런." 지나이다가 박사의 말을 따라 했다. "산다는 게 그리 즐거운 일인가요? 주변을 한번 둘러보세요……. 어때요? 좋아요? 아니면 박사님은 제가 삶을 알지도, 느끼지도 못한다고 생각하시나요? 저는 얼음물을 마실 때 만족감을 느껴요. 그런데 박사님은, 이런 삶이 만족스러운 순간을 위해 삶을 걸어서는 안 될 만큼 가치가 있다고 제게 자신 있게 말할 수 있나요? 저는 행복까지는 아예 바라지도 않아요."

"그래요." 루신은 말했다. "변덕과 독립심……. 이 두 단어가 당신을 설명하는군요. 당신의 본성은 전부 이 두 단어에 있어요."

지나이다가 신경질적으로 웃기 시작했다.

"번지를 잘못 찾으셨네요, 친절한 박사님. 잘못 짚으셨어요. 뒤처지셨네요. 안경 쓰셔야겠어요. 전 지금 변덕을 부릴 겨를이 없답니다. 여러분을 골리고 나 자신도 속일 겨를이 없어요……. 뭐 얼마나 신 나는 일이라고! 독립심을 말할 것 같으면……. 무슈 볼데마르," 지나이다가 갑자기 나를 부르더니 발을 한번 굴렀다. "우울한 표정 짓지 마요! 나를 불쌍하게 여기는 건 참을 수 없어요." 그녀는 서둘러 사라졌다.

"여기 공기가 안 좋아, 당신에겐 안 좋아요, 젊은 친구." 루신은 다시 한 번 내게 말했다.

XI

그날 저녁 자세키나 공작 부인의 집에는 늘 어울리는 손님들이 모여들었다. 나도 그들 사이에 끼었다. 마이다노프 시에 대한 대화가 시작되었는데 지나이다는 진심으로 이 시를 칭찬했다.

"있잖아요," 지나이다가 마이다노프에게 말했다. "만약 제가 시인이라면 저는 다른 슈제트[20]를 고르겠어요. 어쩌면 이 모든 것이 터무니없는 생각일 수도 있는데요, 이상한 생각이 때때로 머릿속에 떠올라요, 특히 아침이 밝아오기 전 깨어있을 때, 하늘이 붉은빛이나 회색빛을 띠기 시작할 때 말이죠. 저는, 예를 들면……. 절 비웃지 않으실 거죠?"

"그럼요! 그럼요!" 우리는 모두 한목소리로 외쳤다.

"제가 그리고 싶은 것은," 그녀는 가슴에 손을 포개고 시선

---

20 문학 작품에서, 등장인물 사이의 관계나 사건 전개 발전의 일정한 체계, 얽음새, 주제.

을 한 곳에 고정한 채 말을 계속했다. "젊은 아가씨들이 무리를 지어, 밤에, 고요한 강 위에 떠 있는 커다란 배에 타고 있어요. 달빛이 비치고, 그 아가씨들은 모두 흰 옷을 입고 하얀 꽃으로 만든 화환을 쓰고서 노래를 부르는데, 있잖아요, 성가 같은 그런 노래를 부르고 있어요."

"네, 네, 계속해보세요." 마이다노프가 생각에 잠겨 의미심장하게 말했다.

"갑자기, 강가에서 소음이, 떠들썩한 웃음소리가 들리고, 횃불을 들고, 탬버린을 치고 있는 사람들이 보여요……. 한 무리의 바쿠스[21] 여사제들이 노래를 부르고 소리를 지르며 뛰어다니는 거예요. 시인님, 여기서 그림을 그리듯 자세하게 묘사하는 것은 당신의 일이에요……. 다만 저는 횃불이 빨갛고 연기가 많이 났으면 좋겠고 여사제들 눈빛이 화환 밑에서 빛났으면 좋겠어요. 화환은 어두운색이어야 하고요. 호랑이 가죽과 포도주잔도 빼먹지 마세요. 금도요, 황금이 많아야 해요."

"금은 어디에 있어야 하는데요?" 자기의 치렁치렁한 머리카락을 뒤로 쓸어 넘기며 콧구멍을 벌름거리면서 마이다노프가 물었다.

"어디냐고요? 어깨, 팔, 다리, 여기저기 다요. 옛날에는 여자들이 발목에 금 고리를 차고 다녔다고 들었어요. 바쿠스의

---

21 Bacchus, 로마 신화에 나오는 술의 신. 그리스 신화의 디오니소스에 해당한다.

여사제들이 배에 있는 아가씨들을 자기들 쪽으로 불러요. 아
가씨들은 성가 부르기를 멈춰요. 계속 부를 수가 없지요. 하지
만 아가씨들은 움직이지는 않아요. 강이 이들을 강가로 데려
다 줘요. 그런데 갑자기 그들 중 한 아가씨가 조용히 일어섭니
다……. 이것을 잘 묘사해야 해요. 달빛이 비치는 상황에서 어
떻게 아가씨가 조용히 일어나는지 그리고 나머지 친구들이 어
떻게 놀라는지를요……. 이 아가씨가 뱃머리를 넘어가자 여사
제들이 그녀를 감싸더니 밤 속으로 그녀를 데리고 달아나요,
어둠 속으로……. 이곳에선 연기가 소용돌이치고 모든 것이 혼
란스럽게 뒤죽박죽이에요. 남은 아가씨들의 날카로운 비명만
들릴 뿐이고 사라진 아가씨의 화환은 강가에 떨어져 있어요."

지나이다는 이야기를 멈췄다. (아! 그녀가 사랑에 빠졌구
나! 나는 또다시 생각했다.)

"그게 끝인가요?" 마이다노프가 물었다.

"끝이에요." 지나이다가 대답했다.

"서사시 같은 장시를 위한 슈제트가 되기에는 좀 그렇고."
그는 거드름부리며 말했다. "그래도 서정시를 쓸 때 아가씨 생
각을 활용할게요."

"낭만적인 스타일로?" 말렙스키가 물었다.

"물론이죠. 낭만적인 스타일로, 바이런의 시같이."

"제 생각에는 위고가 바이런보다 나은 것 같소," 젊은 말렙

스키 백작은 툭 던지듯 중얼거렸다. "더 재미있지요."

"위고는 일류작가죠," 마이다노프가 대꾸했다. "내 지인 톤 카셰예프는 자신의 스페인 소설 《엘 트로바도르》에서……."

"아, 뒤집어진 물음표들이 있는 책을 말씀하시나요?" 지나이다가 그의 말을 끊고 끼어들었다.

"네. 보통 스페인에선 그렇게 합니다. 제가 하려던 말은 톤 카셰예프가……."

"네, 고전주의와 낭만주의에 대해 또 논쟁하시려는 거죠?" 지나이다가 그의 말을 두 번째로 잘랐다. "게임이나 하죠."

"벌칙 놀이 말이요? 루신이 바로 말을 받았다.

"아뇨, 벌칙 놀이는 지루해요, 비유 놀이해요." (이 게임은 지나이다가 고안했다. 아무거나 사물의 이름을 말하면, 사람들이 그것을 무언가에 비유하고 가장 훌륭한 비유를 생각해낸 사람이 상을 받는 놀이다.)

지나이다가 창가로 다가갔다. 하늘에 길고 불그스레한 구름이 높이 떠 있는 것을 보니 태양이 방금 넘어간 모양이었다.

"이 구름이 무엇을 닮은 것 같아요?" 지나이다가 물었고, 우리의 대답을 듣기 전에 말했다. "저는 이 구름이 클레오파트라가 안토니우스를 만나러 갈 때 탔던 황금 배에 달린 자줏빛 돛을 닮은 것 같아요. 마이다노프, 기억하세요? 얼마 전 제게 그 얘기를 해주셨잖아요."

우리는 모두 햄릿의 폴로니어스[22]처럼, 저 구름이 바로 그 돛을 연상시키며, 이보다 더 나은 비교 대상을 내놓는 사람은 없을 거라 말했다.

"그때 안토니우스가 몇 살이었지요?" 지나이다가 물었다.

"음, 아마 젊었을 겁니다." 말렙스키가 말했다.

"그래요, 젊었어요." 마이다노프는 확신에 찬 어조로 말했다.

"죄송합니다만, 그는 마흔이 넘은 나이였어요." 루신이 외치듯 말했다.

"마흔이 넘었었다." 지나이다는 그를 흘깃 보더니 그의 말을 따라 했다.

나는 조금 있다 집으로 돌아왔다. "그녀가 사랑에 빠졌어," 나도 모르게 내 입술이 속삭였다. "그런데 대체 누구를 사랑하는 걸까?"

---

22 Polonius, 《햄릿》에 나오는 오필리아의 아버지이자 덴마크의 재상. 여기서는 햄릿과 폴로니어스의 대화를 말한다 (제3장 2막)

Hamlet: Do you see yonder cloud that's almost in shape of a camel?

Polonius: By the mass, and 'tis like a camel, indeed.

Hamlet: Methinks it is like a weasel.

Polonius: It is backed like a weasel.

Hamlet: Or like a whale.

Polonius: Very like a whale.

XII

몇 날이 흘렀다. 지나이다는 점점 더 이상해지고 이해할 수 없는 사람이 되어갔다. 어느 날 그녀의 방에 들어가자, 밀짚 의자에 앉아 뾰족한 탁자 모서리에 머리를 기대고 있는 지나이다가 보였다. 그녀가 몸을 바로 세웠다……. 얼굴이 눈물로 범벅되어 있었다.

"아! 당신이로군요!" 그녀는 싸늘한 미소를 엷게 지으며 말했다. "이쪽으로 오세요."

나는 그녀에게 다가갔다. 그녀는 내 머리 위로 손을 얹고 갑자기 내 머리카락을 움켜잡더니 비틀기 시작했다.

"아파요……." 나는 간신히 말했다.

"아! 아프겠죠! 저는 안 아픈지 아세요? 안 아프냐고요?" 그녀는 되풀이해서 말했다.

"어머나!" 내 머리카락이 한 움큼 뽑힌 것을 보고 지나이다가 갑자기 소리를 질렀다. "내가 무슨 짓을 한 거야? 가엾은 무슈 볼데마르!"

그녀는 뽑은 머리를 조심스럽게 가지런히 모아 손가락에다 감은 다음 돌돌 말아 반지 모양을 만들었다.

"당신의 머리카락을 팬던트에 담아 지니고 다니겠어요." 이렇게 말하는데 그녀의 눈물로 가득 찬 눈이 빛났다. "그렇게 하면 당신에게 약간은 위로가 될 수 있을지도……. 이제 안녕히 가세요."

집으로 돌아와 보니 별로 안 좋은 일이 벌어졌다. 어머니가 아버지에게 뭔가를 따지고 있었다. 어머니는 어떤 일 때문에 아버지를 책망했고 아버지는 항상 그렇듯 차갑고 정중하게 대답을 회피하다가 결국 나가버렸다. 나는 어머니가 무슨 말을 하는지 들을 수가 없었는데, 솔직히 말하면, 나는 거기까지 신경 쓸 여유가 없었다. 아버지와 실랑이를 끝내자마자 어머니는 나를 자기 서재로 불러 내가 공작 부인 댁을, 어머니의 표현대로라면, une femme capable de tout [무슨 짓이든 할 수 있는 여자]의 집을 자주 드나든다고 매우 심하게 불만을 토해냈다. 나는 어머니 손에 입 맞추러 다가갔고 (대화를 끝내고 싶을 때 나는 항상 그렇게 했다) 내 방으로 갔다. 지나이다의 눈물은 나를 몹시 혼란스럽게 했다. 나는 어떻게 갈피를 잡아야 할지 정말로 몰랐다. 나는 울고 싶었다. 열여섯 살이나 먹었음에도 나는 아직 어린아이였던 것이다. 벨롭조로프는 날이 갈수록 더 위험해졌고, 늑대가 양을 노리듯, 의뭉스러운 말렙스키 백작을 바라보았지만, 나는 이제 말렙스키에 대해서는 더는 생각하지 않았다. 나는 그 무엇도, 그 누구에 대해서도 생각하지 않았다. 나는 맥락 없이 갖가지 짐작들에 사로잡혀 있었고, 혼자 있을 수 있는 장소를 계속 찾아다녔다. 나는 허물어진 온실 벽이 특히 맘에 들었다. 높은 벽 위로 기어 올라가 불행하고 외롭고 슬픈 청년인 양 앉아있노라면 나 자신이 가엽게 느껴졌다. 이런 씁쓸한 감정이 내게 위안이 되어 나는 그것에 그렇게 취해있었다!

어느 날 나는 벽에 앉아 먼 곳을 응시하며 종소리를 듣고 있었다……. 문득 뭔가가 내 곁을 스쳐 갔다. 바람인데 산들바람도 아니고 오한도 아니고 숨 쉴 때의 바람 같기도 하고 누군가가 가까이 온 듯한 느낌 같기도 했다……. 나는 아래를 내려다봤다. 아래쪽 길에 열은 회색 드레스를 입고 어깨에 분홍색 양산을 받친 지나이다가 바삐 걷고 있었다. 그녀는 나를 보더니 멈춰 서서 밀짚모자 끝을 추어올리며 비단결같이 부드러운 눈으로 나를 올려다보았다.

"거기서 뭘 하세요, 그렇게 높은 곳에서?" 야릇한 미소를 지으며 그녀는 내게 물었다. "있잖아요," 그녀는 말을 이어갔다. "저를 사랑한다고 그렇게 당신은 확신하시는데 정말로 나를 사랑한다면 내가 서 있는 이 길로 뛰어내려 봐요."

지나이다가 말을 마저 다 하기도 전에 나는 누가 뒤에서 밀친 것처럼 벌써 아래로 날고 있었다. 담벼락 높이는 2패덤[23] 정도 되었다. 땅에 발로 착지했지만, 충격이 너무 커서 두 발로 서 있을 수가 없었다. 나는 넘어졌고 순간 의식을 잃었다. 정신이 돌아왔을 때 눈을 뜨지 않고도 옆에 있는 지나이다를 나는 느낄 수 있었다.

"귀여운 나의 아이," 그녀가 몸을 숙여 나를 보며 말했는데 걱정이 담긴 부드러움이 그녀의 목소리 속에 묻어났다. "어떻게 이런 행동을 할 수가 있었니, 어떻게 내 말에 복종할 수가 있었니……. 나도 너를 정말 사랑하잖아……. 자, 일어나."

그녀의 가슴이 내 옆에서 숨을 쉬었고 그녀의 손은 내 머리를 쓰다듬었다. 그런데 갑자기 (그때 나는 어떤 기분이었던가!) 그녀는 부드럽고 촉촉한 입술로 내 온 얼굴에 키스를 퍼부었다……. 그녀의 입술이 내 입술에 닿았다……. 그런데 지나이다는 이때, 아마도, 내 표정에서 정신이 돌아왔다는 걸 알아챈 듯했다. 비록 내가 계속 눈을 뜨진 않았지만 말이다. 갑자기 몸을 일으키더니 중얼거리듯 말했다.

"일어나세요, 분별없는 장난꾸러기 같으니라고. 어쩌자고 이런 먼지구덩이에 누워있어요?"

나는 몸을 일으켰다.

---

23 패덤(물의 깊이 측정 단위. 6피트 또는 1.8m에 해당).

"내 양산 좀 집어주세요." 지나이다는 말했다. "어쩜 좋아, 양산을 어쩌다 이런 곳에 던졌을까, 나를 그렇게 바라보지 마요……. 무슨 어리석은 짓이람? 다리는 괜찮아요? 쐐기풀에 다치진 않았어요? 당신에게 얘기했잖아요, 그렇게 날 쳐다보지마요……. 그렇구나, 이 사람은 아무것도 못 알아듣나 봐, 대답도 못 하네." 독백하듯 그녀는 말했다. "집으로 가세요, 무슈 볼데마르, 좀 씻으세요, 날 따라올 생각은 말아요, 안 그러면나 화낼 거예요, 그리고 앞으로 절대 다시는……."

지나이다는 말을 끝맺지 않았고 재빨리 멀어져 갔다. 나는 길가에 앉았다……. 다리가 나를 지탱하지 못했다. 쐐기풀에 손을 베였고 등은 욱신거리고 머리는 빙빙 돌았지만 내가 느낀 이 환희에 찬 희열은 내 생에서 다시는 찾아오지 않았다. 내 몸 마디마디가 이 달콤한 아픔을 만끽했고 마침내 날개가 돋듯 황홀한 외침이 되어 터져 나왔다. 정말, 나는 아직 어린 아이였던 것이다.

XIII

이날 온종일 나는 몹시 기분이 좋아서 의기양양했다. 지나이다의 입술이 닿은 감촉을 생생하게 느끼며 기쁨으로 몸을 떨면서 그녀가 했던 한 마디 한 마디를 더듬어보았다. 나는 느닷없는 행복을 마음속에 보듬어 간직하고 싶은 나머지 이런 느낌을 불러일으킨 당사자인 그녀를 보기가 두렵기까지 했고, 아예 보기를 원치 않는 상태에 이르고 말았다. 앞으로 운명에 기대할 것이 더는 없을 것 같은 생각이 들었고 '마음을 먹고, 마지막으로 숨 한번 크게 쉬고, 죽어도 그만이다'는 심정이었다. 다음날 별채로 가면서 나는 몹시 당황스러웠는데, 자기는 비밀을 지킨다는 것을 남들에게 보여주고 싶은 사람에게는 적합한, 약간 겸손한 가면 아래로, 나의 당황스러움을 감추려고 쓸데없이 애를 썼다. 지나이다는 지극히 태연한 태도로, 어떤 동요의 빛도 보이지 않고 나를 맞이했다. 단지 손가락으로 나를 위협하는 듯한 시늉을 하며 몸에 푸른 멍이 들지는 않았는지 물었다. 약간 뻔뻔스러운 태도와 비밀을 간직하려는 마음이 순식간에 사라져버렸다. 당황스러움도 함께 사라졌다. 물론 내가 딱히 기대한 건 없었지만 지나이다의 평온한 태도가 내 감정에 차가운 물을 정확하게 끼얹어버렸다. 나는 그녀의 눈에 어린아이로밖에 보이지 않는다는 것을 깨달았다. 나는 그걸 견딜 수 없었다! 지나이다는 방 안에서 이리저리 왔다 갔다 했다. 나를 볼 때면 짧게 미소를 짓긴 했으나 그녀는 내가 보기에 확실히 정신이 딴 데 가 있었다……. '어제 일에 대해서 먼저 말을 끄집어내 볼까?' 나는 생각했다. '어디로 그리 급히 갔는지 물어볼까, 확실히 알고 싶은데…….' 그러나 나는 손을 한번 내젓고는 구석에 자리를 잡고 앉았다.

벨롭조로프가 들어오자 나는 무척 기뻤다.

"당신이 탈 만한 온순한 말을 못 찾았습니다." 거친 목소리로 그가 말했다. "프레이탁이 한 필은 탈 만하다고 했지만, 그래도 나는 확신을 할 수가 없어요. 겁이 나요."

"뭐가 그리 두렵나요? 여쭤봐도 되나요?" 지나이다가 물었다

"뭐가 두려우냐고요? 아가씨는 말을 탈 줄 모르잖아요. 무슨 일이라도 생기면 어떡합니까! 갑자기 무슨 바람이 든 겁니까?"

"이건 제 일이랍니다. 무슈 우리 야수님. 그럼 표트르 바실리예비치에게 부탁하겠어요." (내 아버지가 표트르 바실리예비치였다. 나는 마치 아버지가 자기 말을 당연히 들어줄 거라 확

신한다는 듯 지나이다가 내 아버지의 이름을 그렇게 쉽고 자연스럽게 말하는 것을 듣고 놀랐다.)

"그렇군요," 벨롭조로프가 토를 달았다. "당신은 그와 함께 가고 싶은 거죠?"

"그분과 같이 가든 다른 이와 가든, 그 문젠 당신이 상관할 일은 아니죠. 당신하고는 같이 안 갈 거니까."

"나와는 가지 않는다," 벨롭조로프가 되뇌었다. "원하는 대로 하시죠. 어쩌겠어요. 말을 한 필 대령하지요."

"암소 같은 말을 데려오지 않도록 잘 보세요. 미리 말씀드리지만, 저는 마음껏 달려보고 싶거든요."

"달리세요, 원하시는 만큼……. 그런데 대체 누구랑 달릴 건가요? 말렙스키예요?"

"누구하고든 못 가겠어요, 무사님? 진정하세요." 지나이다가 말했다. "그렇게 눈을 번뜩이지 마세요! 당신도 데려갈게요. 그리고 말렙스키 백작님은 저에게 이젠 '흥!'이에요." 그녀는 고개를 저었다.

"나를 안심시키려고 하는 말씀이잖아요" 벨롭조로프는 투덜거렸다.

지나이다는 눈을 가늘게 뜨고 말했다.

"이 말이 당신을 안심시키나요? 오……. 오……. 오……. 무사님!" 그녀는 다른 말을 찾지 못한 듯 이렇게 말했다. "무슈 볼데마르, 당신도 우리와 함께 말 타러 가고 싶어요?"

"제가……. 사람들이 몰려다니는 곳은……. 좋아하지 않아서요." 시선을 들지 못한 채 나는 중얼거렸다.

"당신은 tete-a-tete [일대일로 마주앉는 것]을 더 좋아하세요? 그럼, '자유로운 이에겐 자유가, 구원받은 이에겐 천국이 있을지니[24]" 그녀는 한숨을 한번 쉬고 낮은 소리로 말했다. "가시지요, 벨롭조로프, 부탁해요. 내일 저는 말이 한 필 필요하답니다."

"그런데 돈은 어디서 난단 말이냐?" 공작 부인이 끼어들었다.

지나이다는 눈썹을 찌푸렸다.

"어머니께 달라고 하지 않을 거예요. 벨롭조로프씨가 저를 믿고 주실 거예요."

"믿어준다네, 믿어준대……." 공작 부인이 중얼거리더니 갑자기 목청껏 소리를 질렀다. "두냐시까!"

"엄마, 제가 작은 종을 선물로 드렸잖아요." 공작 아가씨가 말했다.

"두냐시까!" 노파는 다시 소리쳤다.

벨롭조로프는 고개 숙여 인사를 했고 나도 같이 그 집을 나왔다. 지나이다는 나를 잡지 않았다.

---

24 자유로운 이에겐 자유가, 구원받은 이에겐 천국이 있을지니 사람은 자신이 원하는 대로 행동할 자유의지가 있고, 자신의 자유의지에 따라 사는 사람은 신께서 명령한 대로 구원받는다는 뜻으로 자주 쓰이는 표현.

XIV

다음 날 아침 나는 일찍 자리에서 일어나 가지고 갈 지팡이를 하나 잘라서 성문 밖으로 나갔다. 내 안의 괴로움을 털어버릴 심산이었다. 화창하고 그리 덥지 않은 정말 좋은 날이었다. 상쾌하고 신선한 바람이 땅 위에서 살랑거리고 놀면서, 모든 것을 흔들었지만, 아무것도 놀라게 하지는 않았다. 나는 오랫동안 산으로, 숲으로 돌아다녔다. 나는 행복하지 않았다. 나는 낙담 속에 푹 빠지고 싶어 작정하고 집을 나왔지만 젊음, 아름다운 날씨, 신선한 공기, 빨리 걷는 재미, 인적 드문 풍성한 풀밭 위에 고요하게 누워있는 편안함이 다시 나를 원래의 상태로 돌려놓았다. 그날의 잊지 못할 말, 키스에 대한 회상이 또다시 내 마음속을 깊이 파고들어 왔다. 지나이다가 나의 결단력과 나의 영웅적 행동을 공정하게 평가하지 않을 수 없으리라 생각하면 나는 기분이 좋았다……. '그녀에게 다른 이들이 나보다 더 나을 수도 있겠지.' 나는 생각했다. '상관없어! 그 대신 다른 이들은 할 수 있다고 입으로만 떠들지만 나는 해냈잖아! 그녀를 위해서라면 더 한 것도 할 수 있어……!' 내 상상은 나래를 폈다. 나는 내가 어떻게 기분 나쁜 악당들의 손에서 그녀를 구하는지, 온몸이 피범벅이 되어 그녀를 어떻게 감옥에서 구해내는지, 어떻게 그녀의 발밑에서 죽어가는지를 상상하기 시작했다. 나는 우리 집 거실에 걸려있던 그림을 기억했다. 〈마틸다를 데려가는 말렉-아델〉[25]이라는 그림이었다. 나는 여기서 커다랗고 알록달록한 딱따구리에 정신이 팔렸는데 가느다란 자작나무 줄기를 따라 분주하게 올라가서 나무 뒤에서 오른쪽, 왼쪽으로 정신없이 얼굴을 내미는 모양이 콘트라베이스의 잘록한 손잡이 뒤에서 이리저리 얼굴을 내미는 연주자와 흡사했다.

그러다가 나는 노래를 부르기 시작했다. 〈하얀 눈이 아니라네〉로 시작된 민요가 당시 유행하던 서정곡 〈나는 너를 기다려〉[26]로 이어졌다. 그러다가 호먀코프 비극에 나오는 〈별들에

---

25 마틸다를 데려가는 말렉-아델 프랑스 여류작가 소피 코텡(1773-1807)의 소설 〈마틸다, 또는 십자군 전쟁 역사에서 가져온 기록〉 (1805작)에 나오는 한 에피소드에서 슈제트를 가져와 그린 그림이다. 이 소설은 러시아어로 여러 차례 번역되었고 아주 유명하다.

26 P.A. 바젬스키의 시 〈나는 너를 기다린다〉 (1816년)에 곡을 붙인 서정곡.

보내는 예르마르크의 서한)²⁷을 큰소리로 읊기 시작했다. 나는 어떤 감상적인 것을 지어보려 애쓰면서 마지막 시구가 '오, 지나이다! 지나이다!'로 끝나는 것까지 생각해냈지만 결국 아무것도 못 짓고 말았다. 그러는 사이 점심때가 왔다. 나는 계곡으로 내려갔다. 좁은 모랫길이 계곡을 따라 나 있었고 시내로 이어지고 있었다. 나는 이 길로 갔다. 내 뒤에서 둔탁한 말발굽 소리가 들렸다. 나는 뒤를 돌아보았고 나도 모르게 멈춰서 모자를 벗었다. 나는 아버지와 지나이다를 보았다. 그들은 옆으로 나란히 말을 타고 가고 있었다. 아버지는 한 손으로는 말목을 잡아 몸을 지탱하면서 상체를 그녀 쪽으로 완전히 기울여 뭔가를 말하고 있었다. 그는 웃었다. 지나이다는 단호하게 눈을 내리깔고 입술을 앙다문 채 조용히 아버지의 말을 듣고 있었다. 처음에는 그 두 사람만 보였는데 조금 있으니 계곡이 꺾이는 부분에서 경기병 제복에 외투를 차려입고 입에 거품을 문 흑마를 탄 벨롭조로프가 나타났다. 늠름한 말은 고개를 흔들고 콧김을 내뿜으며 춤을 추듯 했고, 그는 말을 제지하기도 재촉하기도 했다. 나는 한쪽으로 비켜섰다. 아버지는 말고삐를 움켜쥐고 지나이다에게 기울였던 몸을 바로 했다. 그녀는 천천히 눈을 들어 그를 바라보았다. 그런 다음 두 사람은 쏜살같이

---

27 호먀코프 (1804-1860)의 비극 〈예르마르크〉 (1832)의 제5장에 나오는 예르마크의 독백.

달려갔다. 벨롭조로프는 절거덕거리는 군도 소리를 내며 그들 뒤를 따라 달렸다. '온몸이 벌겋게 달아올랐구나.' 나는 생각했다. '근데 지나이다는 왜 그리 창백한 거지? 오전 내내 말을 타고 달렸을 텐데, 무슨 일로 창백한 걸까?'

나는 발걸음을 두 배로 재촉해 점심 전에 집에 당도했다. 아버지는 벌써 옷을 갈아입고 씻은 다음 말쑥한 모양으로 어머니의 안락의자 옆에 앉아 고르고 낭랑한 목소리로 《토론저널[Journal des Debats]》의 펠레톤[28]을 읽어주고 있었지만, 어머니는 건성으로 듣고 있었는데 나를 보더니 내가 온종일 어딜 돌아다니다 왔는지 물었다. 그리고 사람들이 말도 없이 어디서, 누구랑 쏘다니는 것은 질색이라는 말도 덧붙였다. '저 혼자 산책했어요.'라고 말하고 싶었으나 아버지를 보자 왠지 모르지만 입을 다물게 되었다.

28　Journal des Debats 파리에서 1789년부터 발간되었던 프랑스 신문 // 펠레톤 (feuilleton-프랑스어) 사회의 부정적 현상을 야유하거나 조소하는 방법으로 비판하는 형식의 신문 기사.

XV

그 후 대엿새가 지나도록 나는 지나이다를 거의 보지 못했다. 그녀가 몸이 안 좋다고 했지만, 이것 때문에 별채를 드나들던 손님들이, 그들의 표현을 따르자면, 당직을 서지 못할 것은 아니었다. 시인 마이다노프는 예외였는데 감격을 표현할 기회를 잃어버리자 곧바로 낙심하여 지루해했다. 벨롭조로프는 제복 단추를 다 채우고 벌건 얼굴로 한쪽 구석에 침울하게 앉아 있었다. 말렙스키 백작의 얄팍한 얼굴에선 선하지 않아 보이는 미소가 사라지지 않았다. 그는 진짜로 지나이다의 눈 밖에 나자, 마부가 딸린 마차로 공작 부인과 함께 주지사에게까지 다녀올 정도로 늙은 공작 부인에게 환심을 사려고 몹시나 애를 썼다. 그런데 이 방문의 결과도 그리 좋지 않았고, 말렙스키 백작에게 불쾌한 일까지 생기고 말았다. 거기서 어떤 보선[29] 장교

---

29 열차의 운전에 지장이 없도록 철도 선로를 관리·보호하여 안전을 유지하고 수선하는 일.

들과 연루된 옛날 사건을 상기하게 됐다. 당시에 그는 경험이 없는 풋내기였다고 해명할 수밖에 없었다. 루신은 하루에 두 번씩 다녀갔지만 오래 머물지는 않았다. 우리의 마지막 대화를 떠올리면 나는 그가 조금 두렵기도 했지만, 진심으로 그에게 끌리기도 했다. 어느 날 네스쿠치늬이 공원을 나와 함께 산책할 때 그는 내게 매우 선량하고 친절하게 대했다. 내게 여러 가지 풀과 꽃의 이름과 특성을 알려주었는데 갑자기, 불쑥 밑도 끝도 없이,[30] 자기 이마를 치며 외쳤다.

"아, 나는 얼마나 바보인가, 그녀를 정말 교태나 부리는 여자라고 생각하다니! 스스로 희생을 달게 받아들이는 게야, 어떤 사람들은."

"무슨 의미로 하시는 말씀인가요?" 내가 물었다.

"당신에게 무슨 의미로 하는 말은 아니오." 루신은 내뱉듯이 대꾸했다.

지나이다는 계속 나를 피했다. 내가 오는 것이, 나는 이를 눈치채지 않을 수 없었는데, 지나이다를 불쾌하게 했다. 그녀는 무의식적으로 나를 외면해 버렸다……. 무의식적으로. 그 사실이 얼마나 나를 괴롭게 했는지, 얼마나 절망에 빠트렸는지! 어떻게 할 수가 없었다. 나는 그녀의 눈에 띄지 않으려 애

---

30 원문에는 '시골에도, 도시에도 맞지 않게' 라고 되어 있다. 맥락 없이, 갑자기 때와 장소에 어울리지 않는 말을 할 때 쓰인다.

썼고 멀리서 지켜보기만 했는데, 항상 마음만큼 잘 되진 않았다. 예전에 그랬던 것처럼 그녀에게 이해할 수 없는 일이 일어났다. 그녀의 얼굴은 달라졌고 그녀는 완전히 다른 사람이 되어 있었다. 나를 더 깜짝 놀라게 한 그녀의 변화는 어느 따뜻하고 조용했던 저녁에 일어났다. 나는 널따란 관목 덤불 아래 나지막한 벤치에 앉아있었다. 거기서 지나이다 방의 창문이 보였기 때문에 나는 그 장소를 좋아했다. 나는 앉아있었다. 내 머리 위로 거뭇거뭇한 나뭇잎에서 작은 새 한 마리가 분주하게 움직이고 있었고, 회색 고양이 한 마리가 등을 쭉 뻗고 살금살금 정원으로 기어들어 왔다. 이른 딱정벌레가 저물긴 했지만 아직은 투명한 허공에서 굵직한 소리로 윙윙거렸다. 앉아서 창문을 바라보며 나는 창문이 언제나 열릴까 기다리고 있었다. 그러자 창문이 정말 열렸고 거기에 지나이다가 나타났다.

그녀는 하얀 드레스를 입고 있었는데 그녀 자체가, 얼굴과 어깨와 팔이 아예 백지장만큼이나 창백했다. 그녀는 한참을 움직이지 않고 그대로 있었고 약간 찌푸린 눈썹으로 정면을 미동도 없이 오랫동안 응시했다. 나는 그녀의 그런 시선을 지금껏 본 적이 없었다. 그녀는 두 손을 꼭 움켜잡더니 입술로, 이마로 가져갔다. 그러다가 갑자기 손가락을 펴서 귀에 덮인 머리카락을 뒤로 넘기고 머리를 흔들었다. 그러고선 어떤 결단을 내리듯 고개를 끄덕이고는 창문을 탁 닫았다.

사흘이 지난 뒤 그녀는 나와 정원에서 마주쳤다. 내가 한쪽으로 비켜서려 했으나 그녀는 나를 멈춰 세웠다.

"손을 잡아주세요." 그녀는 내게 예전처럼 상냥하게 말했다. "오랫동안 얘기를 나누지 못했네요."

나는 그녀를 바라보았다. 그녀의 눈동자는 조용히 빛났고 얼굴에는 아지랑이처럼 미소가 피어오르고 있었다.

"몸이 아직 편치 않은가요?" 나는 그녀에게 물었다.

"아니요, 다 나았어요." 그녀는 대답하면서 작은 빨간 장미 한 송이를 꺾었다. "조금 피곤하지만, 이것도 지나갈 거예요."

"다시 예전으로 돌아올 건가요?" 나는 물었다.

지나이다가 장미를 얼굴로 가져가자 선명한 꽃잎의 광채가 그녀의 뺨에 물드는 것처럼 보였다.

"내가 정말 변했나요?" 그녀가 내게 물었다.

"네, 변했어요." 나는 기어들어가는 목소리로 대답했다.

"제가 당신에게 차갑게 대한 거, 저도 알아요." 지나이다가 말했다. "하지만 당신은 그런 것에 신경 쓰지 말아야 했어요. 저도 어쩔 수 없었어요. 그래요, 인제 와서 새삼스레 말해 뭐하겠어요!"

"당신은 제가 당신을 사랑하지 않았으면 하는 거죠. 그런 거예요!" 나는 우울한 목소리로 나도 모르게 흥분하여 소리쳤다.

"아니요, 저를 사랑하세요. 하지만 예전처럼 그런 식으로는 말고요."

"그럼 어떻게 해야 하는데요?"

"우리 친구로 지내요. 그래야 해요!" 지나이다는 내가 향기를 맡을 수 있도록 장미를 내밀었다. "제 말을 들어보세요. 제가 당신보다 나이도 훨씬 많고. 저는 당신에게 이모뻘일 수도 있어요. 아니 이모는 못 된다더라도 누나 정도는 되겠네요. 그런데 당신은……."

"제가 당신 눈엔 어린애로 보인단 말이죠." 나는 그녀의 말을 잘랐다.

"그래요, 어린아이, 그렇지만 귀엽고 착하고 영리하고 제가 아주 사랑하는 어린아이죠. 우리 이렇게 해요. 바로 지금부터 당신을 시종으로 삼겠어요. 시종은 자기 주인에게서 잠시도 떨어지지 않는다는 걸 잊지 마세요. 자 여기 새로운 작위를 받았다는 징표예요." 그녀는 내 재킷의 고리 장식에 장미를 꽂으며 말했다. "당신을 총애한다는 징표예요."

"예전에는 당신께 다른 종류의 총애를 받았는데요." 나는 중얼거리듯 말했다.

"어머!" 지나이다는 이렇게 말하며 곁눈질로 나를 흘겨봤다. "이 사람 기억력 좀 보게! 어쩌겠어! 그래요 그럼……."

그녀는 내게 몸을 기울이더니 깔끔하고 침착한 입맞춤으

로 내 이마에 흔적을 남겼다.

나는 그녀를 바라보고만 있었고 그녀는 돌아섰다. 그러고
선 "저를 따라오세요, 내 시종님."이라고 말하고 별채로 갔다.
나는 그녀를 따라갔지만, 여전히 당혹스러웠다. '진정으로,' 나
는 생각했다, '이 온화하고 사려 깊은 아가씨가 정말 내가 알았
던 그 지나이다가 맞나?' 그녀의 걸음걸이도 더 차분해진 것
같았고 그녀의 자태는 더 우아하고 매끈해 보였다.

아, 이를 어쩌나! 내 마음속 사랑이 새롭게 맹렬한 기세로
불타올랐다!

XVI

오후에 손님들이 다시 별채로 모여들었다. 공작 아가씨도 손님들에게 모습을 드러냈다. 내가 결코 잊지 못할 그 첫날 저녁때와 마찬가지로 한 명도 빠짐없이 모두 모였다. 심지어 니르마츠키마저 왔다. 마이다노프는 이번엔 제일 먼저 왔는데 새로운 시를 써서 가져왔다. 벌칙 놀이가 다시 시작되었으나 이번에는 예전과 같은 이상한 장난도, 바보 같은 행동이나 떠들썩함도 없었다. 집시 같은 격정적 요소가 사라져버린 것이다. 지나이다가 우리 모임에 새로운 분위기를 만들어냈다. 나는 시종의 자격으로 지나이다 옆에 앉았다. 어쨌든, 그녀는 벌칙에 걸리는 사람이 자기가 꾼 꿈 이야기를 하자고 제안했다. 하지만 이것도 시들하게 끝났다. 꿈 내용이 재미가 없거나 (벨롭조로프는 꿈에 자기 말에게 붕어를 먹였다는 둥, 말 대가리가 나무통이었다는 둥 지루한 얘기를 했다) 자연스럽지 않고 지어낸 듯한 이야기였다. 마이다노프는 꿈이라고 하면서 아예 중편소설 한

편은 써도 될만할 판을 벌였다. 무덤도 나오고, 리라³¹를 든 천사도 나오는가 하면, 말하는 꽃들이나, 먼 곳에서 울려 퍼지는 소리 이야기도 있었다. 지나이다는 중간에서 이야기를 잘라버렸다.

"이야기가 이제 소설이 되는 것 같으니," 그녀가 말했다. "다른 사람들도 아무거나 즉석에서 지어낸 이야기를 하도록 하지요."

벨롭조로프가 첫 번째 차례가 되었다. 젊은 경기병은 당황했다.

"어떤 이야기도 생각나지 않아요!" 그가 고함치듯 말했다.

"별거 아니에요!" 지나이다가 맞받아쳤다. "자, 상상을 해보세요, 예를 들어 당신이 결혼했다고 생각하고 아내와 어떻게 지내는지 우리에게 얘기해주는 거예요. 아내를 집에 가둬둘 건가요?"

"가둬둘 겁니다."

"그러면 당신은 아내 곁에 있을 건가요?"

"나도 틀림없이 아내 곁에 있을 겁니다."

"훌륭하네요. 그런데 말이죠, 아내가 이렇게 지내는 게 싫증이 났어요. 그래서 바람을 피운다면요?"

---

31 고대 그리스의 작은 현악기. 하프와 비슷하게 생겼으며 일곱 줄이나 열 줄로 되어 있다.

"그러면 나는 아내를 죽여버릴 겁니다."

"만약 아내가 도망가 버리면요?"

"잡아서 어떻게든 죽일 겁니다."

"그렇구나. 그런데 제가 당신 아내라면요? 그때는 어떻게 하시겠어요?"

벨롭조로프는 잠시 망설였다.

"그러면 나는 나 자신을 죽일 겁니다……."

지나이다가 웃음을 터뜨렸다.

"계속할 이야기가 없을 것 같네요."

지나이다가 두 번째 벌칙에 걸렸다. 그녀는 눈을 들어 천장을 보더니 생각에 잠겼다.

"자, 들어보세요." 그녀가 뜸을 들인 다음 이야기를 시작했다 "제가 생각한 이야기는……. 으리으리한 저택이 있다고 상상해보세요. 여름밤이고 굉장한 무도회가 열리고 있어요. 젊은 여왕이 연 무도회예요. 사방이 온통 황금, 대리석, 크리스털, 실크, 등불, 다이아몬드, 꽃다발, 향초들이고 온갖 호화로운 것들로 치장되어 있어요."

"당신은 호화로운 것들을 좋아합니까?" 루신이 그녀의 말에 끼어들었다.

"호화로운 게 예쁘잖아요." 그녀가 대꾸했다. "저는 예쁜 건 다 좋아해요."

"아름다운 것보다 더 좋아합니까?" 그가 물었다.

"뭔가 교묘한 것 같기도 하고, 잘 모르겠네요. 제 말을 끊지 마세요. 어쨌든 무도회는 굉장하답니다. 손님이 많이 모였는데 모두 젊고 잘생기고 늠름해요. 모두 미치도록 열렬히 여왕을 사랑하지요."

"손님 중에 여자는 없나요?" 말렙스키가 물었다.

"없어요, 아니 잠시만요, 있어요."

"별로 미인들은 아니지요?"

"다들 매혹적이에요. 그렇지만 남자들은 모두 여왕에게 빠져있어요. 여왕은 키가 크고 늘씬해요. 새까만 머리에 작은 금관을 띠처럼 두르고 있죠."

나는 지나이다를 쳐다보았다. 이 순간 그녀는 우리 모두보다 훨씬 높은 사람으로 보였고 그녀의 하얀 이마와 그녀의 미동 없는 눈썹에서는 너무나 찬란한 총명함과 위엄이 흘러나왔다. 나는 생각했다. '당신이 바로 그 여왕이야!'

"모두가 여왕 주위로 몰려들어요," 지나이다는 이야기를 이어갔다. "모두 여왕 앞에서 입에 발린 말을 아낌없이 하고 있어요."

"그런데 여왕은 아부를 좋아합니까?" 루신이 물었다.

"정말 참을 수가 없네요! 계속 말을 끊으니…… 어느 누가 아부를 안 좋아하겠어요?"

"하나만 더 물읍시다. 마지막 질문이오." 말렙스키 백작이 말했다. "여왕에게 남편이 있습니까?"

"그건 제가 미처 생각을 못 했네요. 없어요. 남편이 왜 필요하죠?"

"그렇죠." 말렙스키가 곧바로 대답했다. "남편이 뭐하러 필요하겠어요."

"Silence! [주목!]" 프랑스어에 서툰 마이다노프가 소리쳤다.

"Merci. [고마워요] 지나이다가 그에게 말했다. 어쨌든, 여왕은 사람들이 하는 말도 듣고 음악도 듣지만, 손님 중 누구에게도 눈길을 주지 않아요. 무도회장에는 위에서 아래로, 천장부터 바닥까지 닿아있는 창문 여섯 개가 활짝 열려있어요. 창문 너머에 커다란 별들이 반짝이는 캄캄한 하늘이 보이고 높다란 나무가 있는 어두운 정원이 보여요. 여왕은 정원을 바라봅니다. 거기, 나무들이 있는 곳에 분수가 아주 높이, 유령처럼 어둠 속에서 하얀빛을 발하며 높이 솟아오르고 있어요. 여왕은 사람들의 말소리와 음악 사이로 고요하게 물이 튀는 소리를 듣고 있답니다. 여왕은 사람들을 보면서 생각해요. '당신들은 모두 귀하고 똑똑하고 부유한 사람들이지. 당신들은 나를 둘러싸 받들며 나의 말 한 마디 한 마디를 소중하게 여기고, 내 발밑에 엎드려 죽을 수도 있지. 나는 당신들을 소유했어⋯⋯. 그런데 저기, 분수 옆에는, 저 솟아나는 물 옆에는 내가 사랑하는 사람, 나를 소유한 사람이 나를 기다리고 있다네. 그 사람에게는 값비싼 옷도, 보석도 없고 자신을 알아주는 이도 없지. 그러나 그는 나를 기다리고 있고 내가 자기에게 올 것이라 믿고 있어. 나는 그에게로 갈 것이야. 내가 그 사람에게 가기를 원하면, 그리고 그의 곁에 남기를 원하면, 나무가 바스락거리는 소리와 분수가 뿜어내는 물소리를 들으며 그와 함께 저기, 정원의 어둠 속으로 사라지기를 원하면 그 어떤 힘도 나를 막을 수는 없을 거야.'

지나이다는 이야기를 마쳤다.

"지어낸 이야기가 맞나요?" 말렙스키가 교활하게 물었다.

지나이다는 그를 아예 쳐다보지도 않았다.

"여러분은 어떻게 하겠어요?" 루신이 불쑥 말을 꺼냈다. "만일 우리가 손님이고 그 분수 옆 행운아를 안다면?"

"잠시만, 잠깐만요!" 지나이다가 말을 가로챘다. "제가 먼저 여러분 각자가 어떻게 할지 말해볼게요. 벨롭조로프 씨, 당신은 그녀 때문에 결투를 벌였을 것 같고, 마이다노프, 당신은 그 남자를 두고 짧은 풍자시를 썼을 거예요. 아니다, 당신은 풍자시를 잘 못 쓰니 약강격을 살린 긴 시를 썼을 거예요, 바르비에[32]처럼. 그리고 당신 작품을 《텔레그라프》[33]지에 실었겠죠.

---

32 바르비에 앙리 오거스트 (1805-1882) 프랑스 시인, 〈약강격(弱强格)〉(1831)의 저자.

33 텔레그라프 - 〈모스크바 텔레그라프〉 모스크바에서 N.A.폴레브이와 K.A. 폴

니르마츠키 당신은 그 사람에게 돈을 빌려……. 아니지, 당신은 그에게 높은 이자로 돈을 빌려줄 거예요. 박사님, 당신은," 그녀가 잠시 말을 멈췄다. "저는 박사님이 어떻게 할지 잘 모르겠네요."

"저는 궁정소속 의사라는 직함으로," 루신이 대답했다. "손님에게 신경 쓸 겨를이 없다면 무도회를 열지 마시라고 여왕에게 충언했을 겁니다."

"어쩌면, 당신이 옳을 수도 있겠네요. 백작님, 당신은……."

"저 말입니까?" 말렙스키는 특유의 기분 나쁜 미소를 보이며 물었다.

"당신은 그 사람에게 독이 든 사탕을 갖다 줬을 거예요."

말렙스키의 얼굴이 살짝 일그러지면서 순간 유대 놈[34]의 표정이 스쳤지만, 그는 이내 웃음을 터트렸다.

"볼데마르씨, 당신이라면……." 지나이다가 말했다. "아니다, 됐어요. 우리 다른 놀이 해요."

"무슈 볼데마르는 여왕의 시종으로서 여왕이 정원으로 달려갈 때 치맛자락을 받쳐 들겠죠." 말렙스키가 악의를 품고 말했다.

나는 온몸이 확 달아올랐다. 그러나 지나이다는 내 어깨에

레브이가 출간한 문학 학술잡지.

34 유대인을 비하하는 표현을 씀.

재빨리 손을 얹고 자리에서 조금 일어나더니 약간 떨리는 목소리로 말했다.

"저는 백작님께 무례할 수 있는 권한을 한 번도 드린 적 없습니다. 그러니 돌아가 주시기 바랍니다." 지나이다는 그에게 문 쪽을 가리켰다.

"용서하시길 바랍니다, 공작 아가씨." 말렙스키는 중얼거렸고 온통 하얗게 질려버렸다.

"공작 아가씨가 옳습니다." 벨롭조로프가 외치며 덩달아 일어섰다.

"저는, 이렇게 될지 몰랐습니다." 말렙스키가 말했다. "제 말에는 별다른 의도가 없었어요……. 저는 당신을 모욕할 생각이 전혀 없었습니다……. 죄송합니다."

지나이다는 그를 차가운 눈으로 잠시 바라보더니 쓴웃음을 지었다.

"알았어요, 그냥 계세요." 그녀는 손을 한번 내저으며 말했다. "저나, 볼데마르 씨가 공연히 화를 냈네요. 원래 상처 주는 말을 하는 걸 즐기는 분인데."

"용서하세요." 말렙스키는 다시 한 번 사과했다. 나는 지나이다가 방금 한 손짓을 생각하며, 진짜 여왕이라도 그처럼 품위 있는 태도로 무례한 이를 문밖으로 나가라고 할 수는 없으리라 생각했다.

이 작은 소동이 일어난 후 벌칙 놀이는 잠깐만 계속되었다. 모두 좀 어색한 듯했는데 이 소동 때문이라기보다는 딱히 꼬집어 말할 순 없지만 어떤 무거운 느낌 때문이었다. 누구도 그런 느낌에 대해서 말을 꺼내지는 않았지만, 모두가 자기 마음속에도, 같이 있는 사람들 안에도 그런 느낌이 있음을 알고 있었다. 마이다노프가 자신이 쓴 시를 낭송했고 말렙스키는 지나치게 열광적으로 그 시를 칭찬했다. "이제는 착한 사람처럼 보이려고 애쓰는군." 루신이 내게 속삭였다. 우리는 얼마 지나지 않아 각자 집으로 돌아가게 되었다. 지나이다가 갑자기 어떤 생각에 잠겼고, 공작 부인은 두통이 있다고 하인을 보내 알려왔다. 니르마츠키는 류머티즘 때문에 앓는 소리를 했다.

나는 한참을 잠들지 못했다. 지나이다의 이야기에 충격을 받은 것이다.

'정말 그 이야기 속에 암시 같은 게 숨어있는 걸까?' 나는 스스로 물었다. '대체 누구를, 무엇을 암시했던 걸까? 만일 정말로 어떤 것을 암시했다면…… 앞으로 어떻게 되는 걸까? 아냐, 아니야, 그럴 리가 없어.' 뺨이 뜨거워져 반대쪽으로 돌아누우며 나는 중얼거렸다. 나는 지나이다가 이야기를 할 때 지었던 표정을 떠올렸다. 네스쿠치늬이 공원에서 루신이 소리를 지르던 장면을, 지나이다가 내게 갑자기 태도를 싹 바꾸어 대하던 일을 떠올렸다. 나는 이런저런 추측 속에서 헤매고 있었다. '그 사람은 누구를 말하는 걸까?' 이 질문 하나가 어둠 속에서도 선명하게 내 눈앞에서 서성거렸다. 어둡고 불길한 구름이 내 위에 낮게 떠서 마치 나를 짓누르는 것 같아 어서 빨리 그것이 사라지길 기다렸다. 요사이 나는 많은 일에 익숙해졌다. 자세키나 공작 부인 댁에서 너무 많은 것을 보아버린 것이다. 어수선한 생활, 타다만 싸구려 양초, 찌그러지고 망가진 포크와 나이프, 늘 우울한 하인 보니파티, 초라하기 짝이 없는 하녀들, 공작 부인의 태도, 이 모든 이상한 삶은 내게 더는 충격을 주지 않았다. 그런데 내가 막연하게 느끼는 지나이다의 어떤 변화에는 익숙해질 수가 없었다. '불나방[aventunere, 모험을 찾는 여자]', 언젠가 어머니가 지나이다를 두고 한 말이다. 불나방이라니, 그녀는, 나의 우상, 나의 여신이다! 어머니의 말이 내 맘을 찢어놓는 것 같아 이 생각에서 벗어나려 베개 속에 머리를 파묻으며 분개했다. 그러면서도 내가 그 분수 옆 행운아가 될 수만 있다면 무슨 일인들 못 할까, 뭐든 못 바칠까 싶었다.

내 몸속에서 피가 뜨겁게 끓어오르는 것 같았다. '정원……. 분수……. ' 나는 생각했다. '정원에 가보자.' 나는 잽싸게 옷을 입고 미끄러지듯 집에서 나왔다. 밤은 캄캄했고 나무는 겨우 속삭이듯 소리를 냈다. 하늘에서는 고요하고 싸늘한 공기가 내려왔고 텃밭에선 회향 풀 냄새가 풍겨왔다. 나는 오솔길을 구석구석 거닐었다. 내 발걸음 소리에 당황하기도 하고 용기를 얻기도 하면서 걸었다. 나는 간혹 걸음을 멈추고 내 심장이 얼마나 힘차고 빠르게 뛰는지 가만히 들어보았다. 드디어 담장에 다다른 나는 가느다란 기둥에 몸을 기댔다. 그런데 갑자기, 아니 내가 잘못 봤나? 나와 몇 걸음 떨어진 곳에서 여자의 모습이 언뜻 스쳐 갔다……. 나는 어둠 속을 뚫어지게 바라보았다. 나는 숨을 죽였다. 이게 뭔가? 지금 발걸음 소리를 듣고 있는 것인가, 아니면 내 심장이 뛰고 있는 소리인가? "누구세요?" 나는 기어들어가는 목소리로 겨우 웅얼거렸다. 또 무슨 소리가 들리는 거지? 억지로 웃음을 참는 소리……? 아니면 나뭇잎이 바람에 바스락거리는 소리인가……? 아니면 그냥 귀에 들리는 숨소리? 나는 무서워졌다……. "여기 누구 있어요?" 나는 더 작은 소리로 말했다.

공기가 순간적으로 흔들렸다. 하늘을 따라 불빛이 띠 모양을 그리며 반짝였다. 유성이었다. "지나이다?"라고 묻고 싶었으나 소리가 입에서 얼어붙고 말았다. 갑자기 사방이 깊은 고요 속에 잠겼다. 한밤중엔 흔히들 그렇듯이……. 나무들 속 귀뚜라미마저 울기를 멈춰버렸다. 단지 어디선가 창문이 덜컥거리는 소리가 났을 뿐이다. 나는 한동안 서 있었다. 서 있다가 내 방으로, 차갑게 식은 내 침대로 돌아왔다. 이상한 흥분을 느꼈다. 마치 누구를 만나러 나갔다 왔는데, 그러고 나서 홀로 남게 되었고 남들의 행복한 모습을 지나쳐 온 것 같았다.

XVII

다음날 나는 지나이다를 스치듯 잠깐밖에 못 봤다. 그녀는 공작 부인과 마부가 끄는 마차를 타고 어디론가 다녀왔다. 대신 루신을 보았는데 그는 내게 인사를 하는 둥 마는 둥 했다. 말렙스키 백작도 보았는데 이 젊은 백작은 활짝 웃으며 내게 살갑게 말을 걸어왔다. 별채를 방문한 사람 중에서, 우리 집에서 비위를 맞추고 환심을 살 줄 알아 어머니가 몹시 마음에 들어 한 유일한 사람이 그였다. 그렇지만 아버지는 그를 좋아하지 않았고 모욕적이라 느껴질 정도로 정중하게 대했다.

"Ah, monsieur le page! [오, 시종님!]" 말렙스키가 말을 꺼냈다. "만나서 아주 반갑습니다. 귀하신 여왕 폐하께서는 뭘 하고 계시나?"

그의 생기 있는 잘생긴 얼굴이 이 순간만큼은 역겨웠다. 그는 장난스럽고도 업신여기는 듯한 눈길로 나를 보았고 나는 그에게 아무 대답도 하지 않았다.

"아직 화가 안 풀렸소?" 그가 말했다. "그럴 필요 없잖아요. 당신에게 시종이라는 이름을 붙인 사람은 내가 아닌데. 시종은 주로 여왕들 옆에만 있어야지요. 그런데 이런 말 해서 좀 그렇지만 당신은 자신이 할 일을 잘 수행하고 있는 것 같진 않소."

"무슨 말씀이죠?"

"시종은 자기 여주인 곁에 항상 붙어있어야지요. 시종은 주인이 하는 모든 것을 알고 있어야 하고 심지어 주인들을 감시하기까지 해야죠." 목소리를 낮춰 그는 덧붙였다. "낮이나 밤이나."

"하시고 싶은 말씀이 뭡니까?"

"무슨 말을 하고 싶으냐! 충분히 알아듣게 얘기한 것 같은데요. 낮이나, 그리고 밤이나. 낮에는 그럭저럭 괜찮지요, 낮에는 밝고 사람들도 많으니까. 그런데 밤엔 여차하면 탈이 날 수 있지. 밤에 잠을 자지 않고 감시하기를 권하오, 최선을 다해서 감시하기를. 한밤중 정원에 있는 분수 옆, 기억하지요? 그곳이 요주의 장소요. 언젠가 내게 고마워하게 될 거요."

말렙스키는 웃음을 터트리며 내게서 돌아섰다. 그가 별다른 뜻 없이 내게 그런 말을 했을 수도 있다. 그는 사람을 잘 속인다고 평판이 나 있었는데 가장무도회 같은 데서 사람들을 속여 골려 주는 것으로 명성을 떨쳤다. 그럴 수 있는 것은 그

의 온 존재에 거의 무의식적인 단계에까지 배어있는 거짓본
능 덕분이었을 것이다……. 그는 나를 약 올리려고 했을 것이
다. 그런데도 그가 뱉은 한 마디 한 마디가 독이 되어 내 온몸
의 혈관을 따라 스며들었다. 피가 머리끝으로 솟구쳤다. "맞아!
바로 그거야!" 나는 혼자 중얼거렸다. "그랬어! 어제 내가 느낀
예감이 틀리지 않았어! 정원으로 나를 이끈 것은 뭔가가 있기
때문일 거야! 그런 일이 생기게 놔둬선 안 돼!" 나는 큰소리로
외쳤고 주먹으로 가슴을 쳤다. 비록 나 자신도 일어나선 안 되
는 일이 뭔지 몰랐지만 말이다. '말렙스키가 정원으로 오지는
않을까?' 나는 생각했다. (그는 어쩌면 일부러 내게 지껄였을
수도 있다. 그는 이런 뻔뻔스러운 행동을 하고도 남았다) '아니
면 다른 누군가가 올까? (우리 정원 울타리는 아주 낮았고 누
군들 어렵지 않게 뛰어넘을 수 있게 생겼다) 나한테 걸리는 사
람은 그냥 두지 않겠어! 누구든 마주치기만 해봐라! 나는 온
세상에, 그녀에게, 배신자에게 (나는 지나이다를 문자 그대로
배신자라고 불렀다) 내가 복수할 수 있는 사람이라는 걸 보여
주겠어!'

나는 내 방으로 돌아왔다. 책상에서 얼마 전 사두었던 영
국제 칼을 꺼내 날카로운 칼날을 만져보았다. 그러고선 눈썹을
찌푸린 채 냉철하고 단호한 결심을 하며 주머니에 칼을 집어넣
었다. 나에게 이런 일은 놀랄 만하지도, 처음 겪어보는 것 같지

도 않았다. 심장은 내 안에서 표독스럽게 뛰더니 냉혹하게 굳어져 버렸다. 나는 밤이 올 때까지 눈썹을 잔뜩 찌푸리고 입을 다문 채 주머니에서 달궈진 칼을 손으로 꽉 쥐고 어떤 끔찍한 일을 미리 대비하는 태세로 방 안을 이리저리 왔다 갔다 했다. 처음 맛보는, 전에 없었던 이런 느낌은 나를 사로잡았고, 심지어 기분을 좋게까지 해 정작 지나이다에 대한 생각은 별로 떠오르지 않을 지경이었다. 내 머릿속에 이런 장면이 떠올랐다. 젊은 집시 알레코에 관한 장면이다. '잘생긴 젊은이, 어디로 가는가? 자리에 누워라…….' 그다음 장면은 이랬다. '너는 온몸에 피가 튀었구나……! 오, 너는 무슨 짓을 한 거냐……?' '아무 짓도 하지 않았어!'[35] 나는 잔인한 미소를 지으며 이 대사를 되뇌었다. '아무 짓도 하지 않았어!' 아버지는 집에 없었다. 얼마 전부터 거의 매일 기분이 몹시 언짢은 어머니는 심상치 않은 내 모습을 알아차리고 저녁을 먹을 때 내게 물었다. "무슨 일로 그리 뚱하니? 곳간에 든 쥐새끼처럼." 나는 대답 대신 너그러운 웃음을 보이고 생각했다. '만약 그들이 알게 되면!' 11시를 알리는 소리가 들렸다. 나는 내 방으로 가서 옷을 벗지 않은 채 12시가 되기를 기다렸다. 드디어 자정을 알리는 시계 소리가 들렸다. '때가 왔구나!' 나는 들릴락 말락 하게 속삭였다. 단추를 끝까지 다 채운 뒤 소매까지 걷어붙이고 정원으로

---

35 푸시킨의 〈집시들〉 (1824)에 나오는 알레코와 젬피라의 대화.

향했다.

　나는 어디서 망을 볼지 미리 장소를 봐두었다. 정원 끝머리, 우리 집과 자세키나 공작 부인 댁을 가르는 울타리가 벽에 비스듬히 기대고 있는 곳에 전나무 한 그루가 서 있었다. 낮게 드리워진 무성한 가지 아래에 있으면 어두운 밤이 허락하는 만큼은 주변에서 무슨 일이 벌어지는지 잘 볼 수 있을 것 같았다. 내게 항상 비밀을 감춘 듯 보이는 오솔길이 여기 있었다. 이 길은 이 자리에서 넘나든 발자국이 있는 울타리 아래에서부터 뱀처럼 구불구불한 모양으로 아카시아 나무로 만든 둥그런 정자까지 이어져 있었다. 나는 전나무가 있는 곳까지 가서 나무둥치에 몸을 기대고 망을 보기 시작했다.

　밤은 지난밤처럼 고요했다. 그러나 하늘에는 먹구름이 어제보다 적어서 떨기나무와 높이 달린 꽃의 윤곽까지 더 선명하게 보였다. 기다림이 시작되자 처음 얼마 동안은 참기가 힘들고 무서울 지경이었다. 나는 모든 상황을 각오했고 '어떻게 행동할 것인가?' 하는 생각만 했다. '어디로 가는 게냐? 꼼짝 마라! 정체를 밝혀라, 아니면 죽는다!' 이렇게 호통을 칠 것인가, 아니면 그냥 습격해버릴 것인가? 모든 소리, 바스락거리고 살랑거리는 소리 하나하나가 예사롭지 않고 심상치 않은 것 같았다……. 나는 태세를 갖추었다……. 나는 앞으로 몸을 숙였다……. 삼십 분이 흐르고 다시 한 시간이 흘렀다. 내 피는 잠잠해지더니 차갑게 식어버리고 말았다. 내가 쓸데없는 짓을 하고 있나, 내 꼴이 좀 우습다, 말렙스키가 나를 놀려먹은 것이 아닌가 하는 생각이 서서히 내 맘에서 고개를 들었다. 나는 숨어있던 장소에서 나와 정원을 한 바퀴 돌았다. 일부러 그러기로 약속이라도 한 것처럼 그 어디에서도 아무 소리도 들려오지 않았다. 모든 것이 깊은 잠에 빠져있었다. 우리 집 개조차도 대문 옆에서 몸을 웅크리고 자고 있었다. 나는 무너진 온실에 올라가 눈앞에 펼쳐진 넓은 들판을 바라보다 지나이다와 만났던 일을 떠올리며 생각에 잠겼다…….

순간, 나는 움찔했다……. 문이 삐걱하며 열리는 소리와 나뭇가지가 부러지는듯한 소리가 들리는 것 같았다. 나는 두 번 뛰어 온실에서 밑으로 내려와 그 자리에 서서 숨을 멈췄다. 빠르고 가볍지만, 조심스러운 발소리가 분명히 정원에서 들려왔다. 이 소리는 내가 서 있는 곳으로 가까워졌다. '그자다…….드디어 그자가 왔다!' 심장이 요동치기 시작했다. 나는 덜덜 떨며 주머니에서 칼을 꺼내 뻣뻣해진 손가락으로 칼집을 벗겼다. 눈에서는 붉은 불꽃이 소용돌이치는 것 같았고 머리카락은 공포와 분노로 쭈뼛쭈뼛 서는 것 같았다……. 발걸음은 나를 향해 곧장 다가왔다. 나는 몸을 숙이고 덮칠 준비를 했다…….그자가 나타났다……. 하느님, 맙소사! 어떻게 이런 일이! 그 사람은 나의 아버지였다!

나는 한눈에 아버지를 알아보았다. 어두운색 외투로 온몸을 감싸고 모자를 얼굴까지 푹 눌러썼지만 나는 알아볼 수 있었다. 아버지는 발끝으로 살금살금 걸어 내 옆을 지나갔다. 그는 나를 알아채지 못했다. 아무것도 나를 감춰주지 않았지만, 납작 엎드려 몸을 웅크리고 있었기 때문에 땅과 비슷한 높이로 보인 듯했다. 살인까지 저지를 정도로 질투에 눈이 먼 오셀로[36]는 갑자기 소년으로 돌아오고 말았다……. 나는 얼마나 놀랐는지 처음에는 아버지가 어디서 와서 어디로 사라졌는지조차 알아차리지 못했다. 나는 몸을 바로 일으키고 나서 생각했다. '이렇게 늦은 밤에 아버지는 뭐하러 정원을 돌아다니나?' 사방은 다시 고요해졌다. 두려움에 질린 나머지 나는 풀밭에 칼을 떨어뜨렸는데 찾을 생각도 하지 않았다. 몹시 부끄러웠다. 문득 정신이 번쩍 들었다. 집으로 돌아오며 관목 덤불 아래 늘 찾는 벤치로 가 지나이다가 머무는 침실 창문을 바라보았다. 밤하늘에서 내려오는 희미한 빛에 아치형으로 약간 굽은 작은 유리창이 어슴푸레하게 푸른빛을 발했다. 그런데 갑자기 유리창의 색깔이 변하기 시작했다……. 거기서 나는 이것을 보았다, 똑똑히 보고야 말았다. 창문 안쪽에서 미색 커튼이 조심

---

36 셰익스피어의 비극 《오셀로》의 주인공. 장군 오셀로가 아내인 데스데모나의 정조를 의심하여 그녀를 죽이지만, 후에 그의 부관 이아고(Iago)의 계략이었음을 알고 자살한다는 내용이다.

스럽게 살며시 내려와서는 창턱에서 움직임을 멈춘 것이다.

"대체 무슨 일이지?" 내 방으로 다시 돌아왔을 때 나는 나도 모르게 소리 내어 말을 뱉었다. '꿈인가, 그냥 우연한 일일까, 아니면…….' 내 머릿속으로 갑자기 파고든 추측은 전에 없이 새롭고도 이상한 것이어서 그 생각을 계속할 수가 없을 정도였다.

XVIII

다음 날 아침 나는 두통과 함께 잠에서 깨었다. 지난밤의 흥분은 사라졌다. 그 흥분은 극심한 의혹으로, 이루 형용할 수 없는 슬픔으로 바뀌었다. 내 안에서 무언가가 죽어버린 것 같았다.

"뇌를 절반은 들어낸 토끼처럼 보이네요." 나와 마주친 루신은 나를 보며 말했다.

아침을 먹으며 나는 아버지, 어머니를 번갈아 흘깃거리며 살펴보았다. 아버지는 여느 때나 다름없이 차분해 보였고 어머니는 항상 그렇듯 뾰로통하게 골이 나 있었다. 나는 아버지가 행여나 다정하게 내게 말을 걸어오지 않을까 기다렸다. 어쩌다 그런 일이 있었으니까. 그런데 아버지는 평소에 내게 하는 조금은 냉정한 듯한 다정함도 보이지 않았다. '지나이다에게 모든 것을 말해버릴까?' 난 생각했다. '그래도 상관없잖아. 우리 사이는 이제 완전히 끝났어.' 나는 지나이다 집으로 갔으나 그녀에게 털어놓기는커녕 마치 일부러 그런 것처럼 그녀와 얘기할 기회마저 얻지 못했다. 공작 부인 댁에는 유년사관학교 생도인 열두 살 정도로 보이는 아들이 방학을 맞아 페테르부르크에서 집에 와있었다. 지나이다는 곧바로 남동생을 내게 부탁했다.

"당신에게 소개하죠." 그녀가 말했다. "내 귀여운 친구 볼로쟈[37] (지나이다는 나를 처음으로 이렇게 불렀다). 제 동생 이름도 볼로쟈랍니다. 동생을 잘 부탁해요. 아직 부끄럼을 많이 타지만 마음이 착한 아이랍니다. 동생에게 네스쿠치늬이 공원을 보여주겠어요? 산책도 하고, 잘 돌봐주세요. 그렇게 하실 거죠? 당신은 참 착한 사람이에요!"

그녀는 다정하게 내 어깨에 두 손을 얹었다. 나는 당황하여 어찌할 바를 몰랐다. 이 소년이 오는 바람에 나도 덩달아 소년으로 변해버렸다. 나는 조용히 나를 응시하고 있는 유년생도를 말없이 바라보았다. 지나이다는 깔깔 웃어대며 우리를 서로에게 밀쳤다.

"어린이들, 자, 서로 포옹해요!"

우리는 포옹했다.

"정원으로 데리고 갈까요?" 나는 유년생도에게 물었다.

---

37 볼로쟈는 블라디미르라는 남자 이름의 애칭이다. 러시아에서는 이름 하나가 여러 애칭으로 불리는데 친근한 사이일수록 더 친근한 애칭을 부른다.

"좋습니다." 소년은 갈라진 듯한 목소리로 꼭 유년생도같이 대답했다.

지나이다는 또다시 웃어댔다……. 나는 지나이다 얼굴이 이렇게 매력적으로 환한 빛을 띤 적이 지금껏 한 번도 없었다는 것을 깨달았다. 나는 유년생도와 함께 밖으로 나갔다. 우리 정원에는 오래된 그네가 있었다. 나는 얇은 밑신개[38]에 아이를 앉히고 밀어주었다. 넓은 금빛 테두리가 달린 두툼한 새 제복을 입은 아이는 움직이지 않고 앉아 밧줄을 꼭 잡고 있었다.

"목 단추를 좀 풀지 그래요." 내가 그에게 말했다.

"괜찮습니다, 익숙해졌습니다." 그는 이렇게 말하고 헛기침으로 목청을 가다듬었다.

아이는 제 누이 지나이다를 닮았다. 특히 눈을 보면 그녀가 떠올랐다. 나는 그 아이를 돌보는 것이 좋기도 했지만 동시에 가슴이 에이는 슬픔이 내 심장을 조용히 갉아 먹고 있었다. '이제 나는 정말 어린애다.' 나는 생각했다. '어제만 해도……' 나는 지난밤 칼을 떨어뜨린 곳을 기억해내 칼을 찾아냈다. 유년생도는 나를 졸라 칼을 받아 들고 단단한 러비지[39] 줄기를 잘라 피리 모양으로 다듬어 불기 시작했다. 오셀로도 휘파람을 불기 시작했다.

---

38 두 발을 디디거나 앉을 수 있게 그넷줄의 맨 아래에 걸쳐 있는 물건.

39 lovage, 산형화목 미나리과의 여러해살이풀.

그런데 그날 저녁 그는, 바로 그 오셀로가, 지나이다 앞에서 얼마나 울었는지 모른다. 정원 한구석에서 그를 본 지나이다는 왜 그리 슬퍼하느냐고 오셀로에게 물었다. 내 눈물은 지나이다가 깜짝 놀랄 정도로 쏟아져 내렸다.

"무슨 일이에요? 무슨 일이 있는 거예요, 볼로쟈?" 지나이다는 내가 대답도 하지 않고 계속 울기만 하자 거듭 물었고 갑자기 내 젖은 뺨에 입을 맞추려고 했다.

그렇지만 나는 고개를 돌려버렸고 흐느끼며 속삭이듯 말했다.

"다 알아요. 당신은 왜 나를 이용했나요……? 어디다 쓰려고 내 사랑이 필요했던 건가요?"

"내 잘못이에요, 볼로쟈……" 지나이다가 말했다. "아, 제가 정말 죄를 지었어요." 그녀는 이렇게 말하고 두 손을 꼭 쥐었다. "내 안에 나쁘고 어둡고 추악한 것들이 어쩌나 많은지……, 그렇지만 이제는 당신을 이용하지 않아요, 당신을 사랑해요. 왜 사랑하는지, 어떻게 사랑하는지 당신도 의심하지 않을 거예요……. 그런데 당신은 대체 뭘 안다는 거죠?"

내가 그녀에게 무슨 말을 할 수 있었겠는가? 그녀가 내 앞에 서서 나를 바라보고 있었다. 그녀가 나를 바라보기만 하면 나는 머리끝부터 발끝까지 오롯이 그녀의 것이 되었다……. 십오 분 정도가 흐른 뒤 나는 이미 유년생도와 지나이다와 함께 달리기 내기를 하며 뛰고 있었다. 나는 더는 울지 않았다. 퉁

통 부은 눈꺼풀에서 웃을 때마다 눈물방울이 떨어지긴 했지만 나는 웃었다. 내 목에는 넥타이 대신 지나이다의 리본이 묶여있었다. 그녀의 허리를 잡게 되었을 때 나는 기쁨에 겨워 마구 소리를 질렀다. 그녀는 원하기만 하면 나를 입맛대로 할 수 있었던 것이다.

XIX

실패로 끝나버린 그날 밤 원정 이후 일주일 동안 내게 무슨 일이 있었는지 자세하게 이야기하라고 한다면 나는 몹시 힘들 것이다. 이것은 마치 열병이 들끓는 듯한 이상한 시간이었고 극단적으로 모순된 감정들이 공존하는 카오스였다. 그 혼돈 안에서 무언가에 대한 생각, 의혹, 희망, 기쁨, 고통이 소용돌이쳤다. 나는 내 마음을 들여다보는 것이 두려웠다. 열여섯밖에 먹지 않은 소년이 자기 마음을 들여다보는 것이 가능한 일이라면 말이다. 나는 무슨 일이 일어나든 제대로 알기가 두려웠다. 나는 하루하루를 보내는 데만 몰두했다. 그리고 밤에는 잠을 잤다……. 어린아이 특유의 단순함이 내게 도움이 되었다. 나는 사람들이 나를 사랑하는지 어떤지 알고 싶지도 않았고 사람들이 나를 사랑하지 않는다는 사실을 인정하고 싶지도 않았다. 나는 아버지를 피해 다녔지만 지나이다는 피할 수가 없었다. 그녀가 곁에 있으면 불로 나를 태우는 듯했지만 나를 태우고 녹이는 그 불이 무슨 불인지 뭐하러 알 필요가 있었겠는가. 달콤하게 불타오르고 녹아내리는 것도 내겐 축복이었다. 나는 내가 느끼는 감상에만 사로잡혀 일부러 나 자신을 속였으며 과거의 기억들을 외면하고 무슨 일이 있을 것 같은 예감에는 눈을 감아버렸다……. 이런 나른함은 원래 그리 오래가지 못하는 법인지도 모른다……. 청천벽력과 같은 충격이 모든 것을 단숨에 끊어버리고 나를 새로운 궤도로 던져놓았다.

어느 날 꽤 긴 산책을 하고 점심때쯤 집으로 돌아왔을 때 혼자 점심을 먹어야 한다는 사실에 조금은 놀랐다. 아버지는 외출 중이었고 어머니는 몸이 안 좋아 식욕이 없어 침실에 들어가 문을 걸어 잠그고 계신다고 했다. 하인들의 얼굴을 보고 나는 심상치 않은 일이 벌어졌음을 직감했다……. 하인들에게 캐묻기가 겸연쩍었지만, 그래도 내게는 음식 담당 젊은 하인 필립이 있었다. 그는 나와 친했고, 시를 열광적으로 좋아하는 데다 기타까지 연주했다. 나는 그에게 물었다. 내가 필립의 말을 통해 알게 된 내용은 대강 이렇다. 아버지와 어머니가 엄청나게 다투었고 (소리가 하녀들의 방까지 한마디도 빼놓지 않고 다 들렸는데 그들은 자주 프랑스어를 섞어 쓰며 다퉜다. 그런데 마샤라는 하녀가 파리에서 온 재봉사 집에서 5년 동안 살았기 때문에 전부 알아들을 수 있었다), 어머니는 아버지가 외도하며 옆집 아가씨와 교제한다고 비난했다. 아버지는 처음에는 변명하다가 나중에는 불같이 화를 내며 어떤 잔인한 말을 했는데 '그들의 나이에 대한' 말을 꺼낸듯했고 어머니는 울음을 터트렸다. 어머니는 늙은 공작 부인에게 준 것 같은 어음 얘기를 꺼냈고 공작 부인과 공작 아가씨에 대해 마구 헐뜯었다. 그러자 아버지는 어머니를 위협하며 으름장을 놓았다.

"그런데 이 소동이," 필립이 말했다. "일어난 연유가 정체불명의 편지랍니다. 누가 썼는지 몰라요. 그렇지 않음 이 일이 어떻게 세상에 드러났겠어요. 그럴 이유가 없지요."

"근데 정말 뭔가가 있었던 거야?" 나는 어렵게 입을 뗐다. 팔과 다리가 뻣뻣해지더니 마음속 깊은 곳에서 무언가가 불안하게 떨려오기 시작했다.

필립이 의미심장하게 눈을 반짝였다.

"있었죠. 그런 일은 감출 수가 없지요. 주인 나리가 이번엔 아무리 조심했어도, 필요한 일에는, 이를테면, 마차를 빌리는 일이라든가, 뭐 그런 일은 다른 사람들 없이는 하기 힘들지요."

나는 필립을 내보내고 침대에 몸을 던졌다. 나는 흐느끼지도 절망에 빠지지도 않았다. 나는 언제, 어떻게 이 모든 것이 이루어졌는지 되짚어보지도 않았다. 예전만큼 놀라지도 않았다. 이리 오랫동안 눈치채지 못했다는 사실에도 놀라지 않았고 심지어 아버지를 탓하지도 않았다. 내가 알아버린 것은 내가 감당하기엔 너무 벅찼다. 이 갑작스럽게 드러난 사실이 나를 짓눌렀다……. 이제 모든 것이 끝났다. 나의 모든 꽃이 한꺼번에 모조리 꺾여서 버려지고 짓밟힌 채 내 곁에 흩어져 있었다.

XX

이튿날 어머니는 도시로 돌아가겠다고 선언했다. 아침에 아버지는 어머니 침실로 가서 한참을 단둘이서 얘기했다. 아버지가 어머니에게 무슨 말을 했는지 들은 사람은 아무도 없었고 어머니는 더는 울지 않았다. 어머니는 안정을 되찾았고 식사를 들여보내라고 했다. 그렇지만 도시로 돌아가겠다는 결심을 바꾸지는 않은 듯 보였다. 나는 그날 온종일을 이리저리 헤매고 다녔던 것으로 기억된다. 그렇지만 정원으로는 가지 않았고 별채에는 눈길 한번 주지 않았다. 저녁이 되자 나는 놀랄 만한 광경을 목격하게 되었다. 아버지가 말렙스키 백작의 팔을 잡고 응접실을 지나 현관까지 이끌고 가서는 하인이 있는 데서 백작에게 차갑게 말했다. "며칠 전에도 어떤 집에서 백작님께 나가달라는 말을 했다더군요. 길게 설명하지는 않겠습니다. 다시 한 번 우리 집에 오신다면 그때는 창문으로 던져드리겠다고 감히 아뢰는 바입니다. 백작님 필체가 제 마음에 안 드는군요."

백작은 고개를 숙이더니 이를 악물고 몸을 움츠린 채 사라졌다.

우리 집이 있는 모스크바 시내 아르바트 거리로 옮겨갈 준비가 시작되었다. 아버지도 이제는 별장에 머무를 생각이 없는 듯 보였다. 지난 일을 들먹이지 않도록 아버지가 어머니를 설득한 것 같기도 했다. 모든 준비가 조용히, 서두르지 않고 진행되었다. 어머니는 심지어 나를 공작 부인 댁에 보내 몸이 좋지 않아 떠나기 전에 부인과 인사할 수 없어 애석하다는 말을 전하라고까지 했다. 나는 실성한 사람처럼 이리저리 헤매고 다니며 이 모든 일이 하루빨리 끝나기만을 바랐다. 한가지 생각이 내 머릿속을 떠나지 않았다. 그녀가 어떻게, 그렇게 젊은 아가씨가, 더구나 어찌 됐든 공작 아가씨가 그런 일을 저지를 수 있었을까? 우리 아버지는 가정이 있는 사람이라는 걸 알면서 그리고 하다못해 벨롭조로프 같은 사람과 결혼할 수도 있었을 텐데. 그녀는 무엇을 기대했던 걸까? 어떻게 자기 미래를 전부 망치는 일을 겁내지 않았을까? 그래, 나는 생각했다, '그게 바로 사랑인 거야. 그게 바로 열정이야. 그런 것이 헌신이야…….' 언젠가 루신이 했던 말이 떠올랐다. "희생을 스스로 달게 받아들이지, 어떤 사람들은." 별채의 창문 한 곳에서 희멀건 점이 어른거리는 것을 우연히 보았다. '지나이다의 얼굴인가?' 나는 생각했다……. 맞다, 그녀의 얼굴이었다. 나는 견딜 수가 없었다. 마지막 인사도 없이 그녀와 헤어질 수는 없었다. 나는 어렵게 기회를 만들어 별채로 갔다.

거실에 있던 공작 부인이 평소처럼 단정치 못한 모습으로 대충 인사하며 나를 맞았다.

"도련님, 이렇게 아침 댓바람부터 어인 일인지요?" 코담배를 양쪽 콧구멍으로 들이키며 부인이 말했다.

부인을 보자 흥분이 조금 누그러졌다. 필립이 말한 '어음'이라는 단어가 마음에 걸려서였다. 부인은 아무것도 모르는 모양이었다······. 적어도 내 눈에는 그때 그렇게 보였다. 지나이다가 옆방에서 나왔다. 검은 드레스를 입고 창백한 얼굴로 풀어 헤친 머리를 하고선 그녀는 말없이 내 손을 잡더니 자기 방으로 나를 데려갔다.

"당신 목소리가 들렸어요," 그녀가 말을 시작했다. "그래서 바로 거실로 나갔어요. 그렇게 쉽게 우리를 떠날 수 있나요? 무정한 친구네요."

"저는 작별인사를 하러 왔어요. 공작 아가씨, 다시 만나지는 못할 거예요. 당신도 들었지요? 우리가 떠난다는 걸." 나는 말했다.

지나이다는 물끄러미 나를 바라보았다.

"네, 들었어요. 인사하러 와줘서 고마워요. 당신을 다시 못 볼 거로 생각했어요. 나를 나쁜 사람이라 기억하진 말아줘요.

내가 당신을 힘들게 할 때도 있었지만, 그렇지만 나는 당신이 생각하는 그런 사람이 아니에요."

지나이다는 돌아서서 창문에 몸을 기댔다.

"정말이에요, 나는 그런 사람이 아니에요. 당신이 나에 대해 나쁘게 생각하는 거 알아요."

"제가요?"

"그래요, 당신요……. 당신이오."

"제가요?" 나는 아프게 다시 물었다. 내 심장도 저항할 수 없고 이루 형언할 길 없는 매혹적인 모습에 끌려 예전처럼 떨리기 시작했다. "제가요? 지나이다 알렉산드로브나,[40] 당신이 무슨 일을 하든, 날 얼마나 힘들게 하든 제 삶이 다하는 날까지 당신을 사랑하고 좋아할 거예요. 진심입니다."

그녀는 급히 내 쪽으로 돌아서더니 팔을 활짝 벌려 내 머리를 껴안고 강렬하고 뜨겁게 내게 키스했다. 이 길고 긴 작별의 키스가 찾고 있는 사람이 누군지는 진정 알 수 없었지만, 이 달콤한 맛을 나는 열렬하게 탐닉했다. 다시는 오지 않을 일이라는 것을 나는 알고 있었다.

"잘 있어요, 안녕히, 잘 있어요." 나는 계속 되뇌었다.

---

40 러시아인의 이름은 성+이름+부칭으로 구성된다. 여기서 주인공은 이름(지나이다)과 부칭(알렉산드로브나)을 함께 불렀다. 상대방에 대한 존경이나 정중함을 표할 때 보통 그리한다.

그녀는 내게서 떨어지더니 방을 나갔다. 나도 그 방에서 나왔다. 내가 어떤 심정으로 그 방을 나왔는지 지금 표현하기는 힘들다. 나는 그런 심정이 언젠가 또다시 반복되는 것을 원하지는 않는다. 그렇지만 그런 심정을 살면서 한 번도 느낀 적이 없었다면 나는 자신을 불행한 사람이라 여겼을 것이다.

우리는 도시로 돌아왔다. 나는 지나간 일을 빨리 잊지 못했고 곧바로 공부를 시작할 수도 없었다. 내 상처는 천천히 아물어갔다. 그런데도 아버지에게는 아무런 악한 감정이 들지 않았다. 오히려 반대로 아버지가 내 눈에는 더 크게 보였다……. 이 모순된 감정을 심리학자 정도 돼야 자기들이 아는 범위에서 설명할 수 있을 것이다. 한번은 넓은 산책로를 따라 걷다가 뜻밖에도 루신과 마주쳤다. 나는 솔직하고 가식 없는 성격 때문에 그를 좋아했다. 게다가 그는 내 안의 기억을 불러일으키는 소중한 사람이었다. 나는 그에게 와락 달려들었다.

"아이고!" 그가 눈썹을 찌푸리며 말했다. "당신이군요, 젊은 친구! 어디 한번 보세. 아직 혈색은 누르스름하지만, 눈에 있던 잡념은 사라졌군. 이제는 방에서 기르는 강아지가 아니라 사람처럼 보이네. 좋아요. 그래, 어찌 지내시는지? 공부는 하나요?"

나는 한숨을 내뱉었다. 거짓말하기는 싫었지만, 솔직히 말하는 것도 부끄러웠다.

"괜찮소," 루신이 말했다. "기죽을 필요 없소. 중요한 것은 평범하게 살며 미혹되지 않는 것이요. 그래 봤자 뭐하겠소? 파도가 이끄는 방향은 어느 방향이든지 안 좋을 수밖에 없소. 반석 위에 서 있을지라도 사람은 모름지기 자신의 두 발로 서야지. 내가 잔소리를 해대는구려……. 벨롭조로프 소식은 들었소?"

"무슨 일이 있는 겁니까? 못 들었습니다."

"사라졌소, 카프카스로 떠났다는 말도 들리고. 교훈으로 삼아요, 젊은 친구. 이게 다 사람들이 제때 못 헤어지고 관계를 못 끊기 때문에 생기는 일이오. 내 생각에 당신은 잘 빠져나온 것 같구려. 다시는 미혹되지 않도록 잘 살피시오. 그럼 잘 지내오."

'미혹되지 않을 거야.' 나는 생각했다. '앞으로 그녀를 볼 일은 없겠지.' 그러나 나는 지나이다를 다시 한 번 더 만날 운명이었다.

XXI

아버지는 매일같이 말을 타고 나갔다. 그는 가늘고 길게 뻗은 목에 다리가 잘 빠진 훌륭한 영국산 회갈색 말 한 필을 가지고 있었다. 이 말은 지칠 줄 모르는 데다 성미가 사나웠다. 말 이름은 엘렉트릭이었다. 아버지 외에는 아무도 이 말을 다룰 수가 없었다. 어느 날 아버지는 기분이 좋은 상태로 내게 다가 왔다. 아버지 기분이 좋은 것은 참으로 오랜만이었다. 그는 말타고 나갈 채비를 했고 이미 신발에 박차까지 달았다. 나는 나를 데려가 달라고 졸랐다.

"장애물 뛰어넘기나 하지 그러니." 아버지가 말했다. "네 노쇠한 말로는 나를 쫓아오지 못할 거다."

"쫓아갈 수 있어. 나도 박차를 달게."

"그래, 그러든지."

우리는 길을 나섰다. 내 말은 갈기가 풍성하고 튼실한 다리를 가진 날렵한 흑마였다. 물론 엘렉트릭이 전속력으로 달렸을 때 내 말은 어깨뼈를 전부 다 사용하여 미친 듯이 내달려야 했지만 어쨌든 나는 뒤처지지 않았다. 나는 아버지 같은 기수를 본 적이 없다. 얼마나 멋지고 자연스럽고 능숙하게 말 위에 앉는지 아버지가 타면 말이 알아채고 이를 뽐내는 듯 보였을 정도다. 우리는 넓은 가로수 길을 모두 돌았고 제비치예 평야를 거쳤다. 울타리도 몇 개 뛰어넘었고 (처음에는 울타리를 뛰어넘는 것이 겁이 났지만, 아버지가 겁 많은 사람들을 무시했기 때문에 나는 겁내지 않으려 애를 썼다), 모스크바 강을 두 번 건넜다. 이때 나는 이제 집으로 돌아가겠구나 생각했다. 게다가 아버지도 내 말이 지쳤다는 것을 알고 있었다. 그런데 갑자기 아버지는 크림미아 여울 어귀에서 방향을 틀더니 강변을 따라 내달렸다. 나는 아버지를 따라 말을 몰았다. 높이 쌓아놓은 낡은 통나무 더미에 이르자 아버지는 날쌔게 엘렉트릭에서 내리더니 내게 말에서 내려오라 했다. 그런 다음 내게 엘렉트릭의 말고삐를 맡기면서 여기, 이 통나무 옆에서 기다리라 이르고 자기는 좁은 길로 돌아서더니 그 길로 멀어져 갔다. 나는 엘렉트릭을 계속 혼내면서 말 두 필을 끌고 강변을 따라, 왔다 갔다 걸어 다녔다. 걷는 동안 엘렉트릭은 고개를 계속 내젓고 몸을 부르르 떠는가 하면 콧김을 뿜고 히이잉 소리를 내기도 했다. 내가 걸음을 멈추기만 하면 발굽으로 땅을 파대고 소리를 지르며 내 말의 목을 물어버렸다. 한마디로 말해서 그

놈은 버르장머리 없는 pur sang [순수혈통 말(馬)]이였다. 아버지는 돌아오지 않았다. 강에서 불쾌한 습기가 훅 끼쳐왔다. 가랑비가 소리 없이 내려, 내가 이제는 진절머리가 날 정도로 서성거리고 있는 곳인 회색 통나무 더미에 작은 얼룩을 만들고 있었다. 울적한 기분이 나를 엄습했다. 하지만 아버지는 오지 않았다. 핀란드 혈통으로 보이는 회색 옷을 입은 순경이 내가 있는 쪽으로 가까이 다가왔다. 머리에는 항아리를 올려놓은 것같이 커다란 낡은 군모를 쓰고 있었고 손에는 도끼 창[41]을 들고서 늙고 쭈글쭈글한 얼굴을 내게 디밀며 그가 말했다. (모스크바 강 변에 뭐하러 순경이 있는 걸까!)

"여기서 말을 데리고 뭘 하고 있소, 도련님? 이리 주시오. 내가 잡고 있을 테니."

나는 그에게 대답하지 않았다. 그는 내게 담배를 한 대 달라고 했다. 순경에게서 떨어지려고 (이즈음 기다리는 것도 너무 지쳤다), 나는 아버지가 사라진 방향으로 조금 걸었다. 그런 다음 좁은 골목 끝까지 가서 모퉁이를 돌아 우뚝 멈춰 섰다. 내가 선 자리로부터 사십여 걸음 떨어진 곳에, 한 목조주택의 열린 창문 앞 길가에 아버지가 내게 등을 지고 서 있었다. 아버지는 창틀에 가슴을 기대고 섰고 집 안에는 아버지와 이야기를 하는 어두운색 드레스를 입은 여자가 커튼으로 절반쯤

_____
41 창과 도끼를 겸한 무기.

가려진 채 보였다. 그 여자는 지나이다였다.

나는 그 자리에 얼어붙어 버렸다. 이런 일이 있으리라곤 진정 상상도 하지 못했다. 그때 내가 할 일은 도망치는 것이었다. '아버지가 본다면' 나는 생각했다. '그러면 나는 끝장이야…….' 그러나 이상한 감정이, 호기심보다 강하고 질투보다 강렬하고 두려움을 앞지르는 그런 이상한 감정이 나를 붙잡았다. 나는 지켜보기 시작했다. 나는 그들의 이야기를 들으려 애를 썼다. 아버지가 무언가를 고집하고 있었고 지나이다는 동의하지 않는 것 같았다. 나는 지금도 생생하게 그녀의 얼굴이 떠오른다. 슬프고도 진지한 아름다운 얼굴에는 형용할 수 없는 헌신과 우수, 사랑과 어떤 절망의 표정이 서려 있었다. 그 외에 다른 말로 표현하기가 힘들다. 그녀는 짤막한 말로 대꾸하고 눈을 내리깐 채 유순하나 단호한 미소를 지었다. 이 미소를 보자 나는 예전의 지나이다를 보는 것 같았다. 아버지는 어깨를 한 번 으쓱하더니 모자를 바로잡았다. 이는 아버지가 인내심을 잃었을 때 하는 버릇이었다. 그런 다음 이런 말이 들렸다. "Vous devez vous separer de cette……" ["당신은 헤어져야 해요. 이런……"] 지나이다가 몸을 바로 세운 뒤 손을 내밀었다……. 그 순간 내 눈앞에선 믿지 못할 일이 벌어졌다. 아버지가 갑자기 바닥에서 묻은 외투의 먼지를 털 때 쓰는 채찍을 들었다. 그리고 팔꿈치까지 드러난 팔을 때리는 날카로운 소리가 들려왔다.

나는 비명이 터져 나오려는 것을 간신히 참았다. 지나이다는 흠칫하더니 말없이 아버지를 바라보았다. 그리고선 천천히 팔을 입술로 가져가 핏빛 상흔에 입을 맞췄다. 아버지는 채찍을 내던지고 출입문 계단을 뛰어올라 집 안으로 들어갔다……. 지나이다가 돌아보았다. 그리고 두 팔을 뻗고 고개를 들더니 창문에서 멀어졌다.

놀란 마음이 잦아들면서 마음속에 솟아나는 영문 모를 두려움을 안고 나는 오던 길로 뛰어 한달음에 골목을 벗어났다. 엘렉트릭을 하마터면 놓칠 뻔도 하면서 강변으로 왔다. 나는 이 일을 어떻게 생각해야 할지 도저히 알 수 없었다. 나는 냉정하고 침착한 아버지가 때때로 불같이 화를 내는 것은 알고 있었지만 내가 본 그런 광경은 도저히 이해할 수 없는 것이었다…… 나는 그 순간, 앞으로 얼마를 산다 해도, 사는 날 동안 내가 본 지나이다의 몸짓, 시선, 미소를 영원히 잊을 수 없으리라는 걸 깨달았다. 그녀의 모습, 갑자기 내 앞에 나타난 이 새로운 모습은 영원히 내 기억 속에 각인되었다. 나는 멍하니 강을 바라보면서 눈물이 펑펑 쏟아지는 것도 느끼지 못했다. '그녀를 때리다니, 때리다니……. 때리다니……' 나는 생각했다.

"뭐 하고 있니? 말을 이리 주려무나!" 아버지 목소리가 들려왔다.

나는 기계적으로 말고삐를 내밀었다. 아버지는 엘렉트릭에

올라탔다……. 몸이 굳어있었던 말은 뒷발로 곤두서서 몇 미터 앞으로 풀쩍 뛰어 나갔다…. 그렇지만 아버지는 곧바로 말을 다스렸다. 아버지는 말 옆구리를 박차로 누르고 주먹으로 말의 목덜미를 힘껏 때렸다. "이런, 채찍이 없구나." 그가 중얼거렸다.

채찍이 내는 소리와 충격이 떠올라 몸이 떨렸다.

"어디다 뒀는데?" 잠시 뜸을 들인 뒤 나는 아버지에게 물었다.

아버지는 대답하지 않고 말을 타고 앞서서 달려갔다. 나는 뒤를 바짝 쫓아갔다. 아버지의 얼굴을 꼭 보고 싶었다.

"나 없이 혼자서 심심했지?" 아버지는 들릴락 말락 하게 물었다.

"조금. 근데 대체 어디에다 채찍을 떨어뜨린 거야?" 나는 재차 아버지에게 물었다.

아버지는 곧바로 나를 쳐다보았다.

"떨어뜨린 게 아니야," 그가 말했다. "버렸다."

아버지는 뭔가를 생각하더니 고개를 숙였다. 바로 그때 나는 처음이자, 아마도 마지막으로 아버지의 엄격한 얼굴이 얼마나 온화하고도 애잔한 표정을 뿜어낼 수 있는지 보고 말았다.

아버지는 다시 내달리기 시작했고 나는 따라잡을 수가 없었다. 나는 아버지보다 십오 분 늦게 집에 도착했다.

'그게 바로 사랑이야.' 밤이 되자 노트와 책으로 서서히 채

워지고 있는 내 책상 앞에 앉아 나는 생각했다. '그런 게 열정이야……! 어떻게 분노하지 않을 수가 있을까! 누구라 해도 때리는데! 아무리 사랑하는 이가 그랬다 해도! 그래, 그런가 보다, 사랑한다면 그럴 수 있나 보다……. 나는 뭔가……. 나란 사람은 공상이나 하고……'

지난 한 달 동안 나는 아주 늙어버린 것 같았다. 온갖 격동과 고통으로 점철된 나의 사랑은, 내가 가까스로 짐작할 수밖에 없고, 나를 그토록 놀라게 한, 대단하고 헤아릴 수 없는 어떤 것 앞에서, 어스름 속에서 들여다보려고 공연히 애를 썼던 낯설고 아름답지만 준엄한 얼굴 앞에서 하찮고 유치하며 초라하기 짝이 없게 느껴졌다.

이날 밤 나는 이상하고도 끔찍한 꿈을 꿨다. 이런 장면이었다. 나는 어둡고 천장이 낮은 방으로 들어가고 있었다……. 아버지는 손에 채찍을 들고 발을 쾅쾅 굴리며 서 있고, 한쪽에는 지나이다가 구석에 바짝 웅크리고 있었는데 팔이 아니라 그녀의 이마에 붉은 흔적이 있었다……. 그 두 사람 뒤에서 피투성이가 된 벨롭조로프가 일어나 창백한 입술을 열어 분노에 찬 말로 아버지를 위협하고 있었다.

두 달이 흐르고 나는 대학에 입학했다. 그리고 일 년 반 후 아버지가 뇌출혈로 페테르부르크에서 돌아가셨다. 어머니와 나와 함께 아버지가 그곳으로 이사하자마자 일어난 일이다. 돌아가시기 며칠 전 아버지는 모스크바에서 온 편지를 읽고 몹시 흥분했다……. 아버지는 어머니에게 무언가를 간청하며 심지어 울기까지 했다고 한다. 내 아버지 같은 그런 분이! 뇌출혈이 일어난 그날 아침 아버지는 내게 남기는 편지를 프랑스어로 쓰기 시작했다. '나의 아들아,' 그는 이렇게 편지를 시작했다. '여자의 사랑을 두려워해라, 그 행복, 그 독약을 두려워해라……' 어머니는 아버지가 돌아가신 뒤 꽤 큰 액수를 모스크바로 송금했다.

XXII

4년 정도 흘렀다. 나는 대학을 막 졸업했고 무엇을 해볼지, 어떤 문을 두드려야 할지 결정하지 못한 상태에서 특별히 하는 일 없이 시간을 보내고 있었다. 날씨가 아주 좋았던 어느 날 저녁 나는 극장에서 마이다노프와 마주쳤다. 그는 그사이 결혼도 했고 취직도 했다고 했다. 그런데 나는 그가 조금도 변하지 않은 것 같았다. 그는 여전히 쓸데없이 흥분했다가 까닭 없이 갑자기 침울해지는 사람이었다.

"알고 있나요?" 그가 말했다. "돌스카야 부인이 여기 있대요."

"돌스카야 부인이 누군데요?"

"아니 잊어버렸단 말이에요? 예전에 우리가 모두 사랑했던, 그래요, 당신도 그랬지요. 자세키나 공작 아가씨요."

"결혼해서 돌스카야 부인이 됐다는 말인가요?"

"맞아요."

"그녀가 지금 이 극장에 있다는 말인가요?"

"아니요, 페테르부르크에 있다고요. 얼마 전에 이리로 왔는데 해외로 나갈 건가 봐요."

"남편은 어떤 사람인가요?" 나는 물었다.

"젊고 잘생기고 부자요. 모스크바에서 같이 근무하는 사람이라오. 있잖소, 그 일이 있었던 후에……. 아마 당신도 잘 알 테지요 (마이다노프는 의미심장하게 웃었다)……. 그녀는 적당한 짝을 찾기가 쉽지 않았소, 후유증이 있었던 게지……. 그렇지만 그렇게 지혜로운 여자라면 뭐든 할 수 있지요. 그녀에게 연락해 보세요. 아주 반가워할 거요. 전보다 더 예뻐졌어요."

마이다노프는 내게 지나이다의 주소를 주었다. 그녀는 데무트 호텔에 묵고 있었다. 옛날 기억이 내 안에서 꿈틀거렸다……. 나는 이튿날 바로 내 옛날 '열정'을 찾아가리라 마음먹었다. 그러나 이런저런 부산한 일이 있었고 한 주, 두 주가 지나가 버렸다. 마침내 데무트 호텔로 가서 돌스카야 부인을 찾았을 때는 그녀가 나흘 전 아이를 낳다 갑작스럽게 죽었다고 했다.

무언가가 내 심장에 날아들어 충돌한 것 같았다. 나는 그녀를 볼 수도 있었는데 보지 못했고 앞으로도 영원히 볼 수 없다는 생각이, 이 쓰디쓴 생각이 견딜 수 없는 자책이 되어 내 속을 파고들었다. '그녀가 죽었다!' 나는 멍하게 호텔경비원을 바라보다 말없이 거리로 나와 어디로 가야 할지 모른 채 무작정 걸었다. 지나간 모든 일이 떠오르며 눈앞을 스쳐 지나갔다. 이렇게 끝났구나! 열정에 들끓던, 빛나던 청춘의 삶이 그렇게 서두르며 마음 졸이며 도착한 종착역이 결국 이것이란 말인가! 나는 생각했다. 그토록 소중했던 표정과 눈동자와 그 곱슬머리가 컴컴한 상자 안에, 축축한 지하의 어둠 속에―바로 여기, 아직 살아있는 나로부터 멀지 않은 곳에, 그리고 어쩌면, 내 아버지 곁에―누워있다는 상상을 했다. 이 모든 상념 속에서 상상은 날개를 펼친 듯 계속되었다. 그러다 문득 이런 말이 내 맘속에서 울려 퍼졌다.

> 무심한 입술에서 죽음의 소식을 나는 들었네
> 무심한 듯 그 소식에 나는 귀를 기울였네[42]

오! 젊음이여! 청춘이여! 너는 세상의 온갖 보물은 다 가진 듯 그 어떤 일에도 아랑곳하지 않는구나. 슬픔마저도 너를 즐겁게 하고 비탄마저도 너는 달게 받는구나. 너는 자신만만하고 무례하다. 너는 말한다. '나는 독야청청하다. 세상아, 보아라!' 그러나 시간은 쏜살같이 흘러 흔적도 없이, 계산도 없이 사라진다. 햇빛을 받은 밀랍처럼, 눈송이처럼 모든 것이 네 안

---

42 푸시킨의 1825년 시 〈내 조국의 푸른 하늘 아래서〉에서 인용

에서 사라진다……. 그리고 어쩌면, 네 매력의 비밀은 무엇이든 할 수 있는 능력에 있는 것이 아니라 네가 무엇이든 할 수 있을 거라고 믿는 능력에 있을지도 모른다. 그렇다, 네 아름다움의 비밀은 어떻게 써야 할지 너 자신도 알지 못하는 정열을 바람에 그냥 날려버리는 것에 있다. 우리 모두로 하여금 스스로 시간을 낭비했다고 믿게 하고 '아, 내가 만일 시간을 헛되이 쓰지 않았다면 무슨 일이든 할 수 있었을 텐데!'라고 말할 자격을 가졌다고 생각하도록 만드는 데 네 아름다움의 비밀이 있는 것이다.

나도 그렇다……. 한 번의 한숨으로, 한 번의 쓸쓸함으로 순간적으로 떠오른 내 첫사랑의 환영과 가까스로 이별했을 때 내가 어떤 찬란한 미래를 예견할 수 있었겠는가? 내가 무엇을 바랐겠는가? 무엇을 기대했겠는가?

내가 바랐던 모든 것 중에서 이루어진 것은 무엇인가? 그리고 지금, 해 질 녘 어스름이 내 인생에 깃드는 이때, 그 봄날 아침에 쏜살같이 지나갔던 폭풍우에 대한 기억보다 더 선명하고 더 소중한 그 무엇이 내게 남았겠는가?

하지만 나는 헛되이 자신을 비난하고 있다. 그 철없던 젊은 시절에 나는 내게 호소하는 슬픈 목소리에 귀를 닫지 않았고, 무덤에서 나에게까지 날아드는 장엄한 목소리에도 귀를 열었다. 지나이다의 죽음을 알게 된 날로부터 며칠이 지나 나는 저항할 수 없는 힘에 이끌려 우리 집에 같이 살았던 어느 가난한 노파의 임종을 지켜보았던 것을 기억한다. 누더기를 걸치고 딱딱한 판자 위에서 자루를 베개 삼아 누운 노파는 힘겹고 고통스럽게 죽어가고 있었다. 노파의 전 생애가 일용할 양식을 구하기 위한 처절한 싸움 속에 있었다. 이 노인은 살아생전 기쁨도, 꿀 같은 행복도 맛본 적이 없었다. 노인은 죽음을, 찾아올 자유와 안식을 기뻐해야 하지 않겠는가? 그러나 허물어질 듯 노쇠한 육체가 힘겹게 버티는 동안, 얼음장 같은 손 아래서 가슴이 고통스럽게 들썩이고 있는 동안, 마지막 기력이 사라질 때까지 노인은 계속해서 성호를 그으며 입속으로 되뇌었다. "주님, 내 죄를 용서해주세요." 마지막 의식이 꺼지고 나서야 비로소 노인의 눈에 서려 있던 죽음의 공포와 두려움이 사라졌다. 거기, 그 불쌍한 노파의 침상에서 나는 지나이다 일이 생각나 두려워졌고 그녀를 위해, 아버지를 위해, 그리고 나를 위해 기도하고 싶었다는 것을 기억한다.

옮긴이의 말

번역작업을 어떻게 진행하였는지 설명이 필요한 부분을 간략하게 싣습니다.

1. 본문 중 프랑스어

원문과 마찬가지로 문장 속에 들어간 프랑스어 표현을 그대로 살려두었고 옆에 괄호를 쳐 우리말로 뜻을 표기하였습니다. 작품의 배경이 되는 19세기 러시아 상류층들은 프랑스어로 대화하기도 하고 문장 중간에 프랑스어 단어를 섞어 쓰기도 했습니다. 작품이 우리말로 쉽게 읽히도록 하기 위해 우리말을 먼저 쓰고 괄호 안에 프랑스어 표현을 넣는 방법도 생각해 보았으나, 그렇게 되면 실제로 대화에 프랑스어가 섞여있는 느낌을 있는 그대로 전달하기 힘들 것으로 판단하여 가독성을 포기하고 과감하게 프랑스어를 먼저 배치하였습니다.

2. 직역과 각주

우리말로 옮기는 과정에서 옮긴이의 개입을 최소화하려고 노력하였습니다. 가급적 직역하려 하였으며 설명이 필요한 부분은 옮긴이가 각주를 달아 설명을 붙였습니다. 이 책의 모든 각주는 옮긴이가 단 것입니다.

3. 높임말과 낮춤말

한국어 높임말의 쓰임새와 약간의 차이는 있지만 러시아어에도 한국어와 마찬가지로 높임말과 낮춤말이 있습니다. 러시아어의 높임말은 존경을 나타낼 뿐만 아니라 사람들 간의 거리도 보여줍니다. 사람들 사이에서 지위와 상하관계를 나타내기도 합니다. 나이 차이가 많이 나더라도 관계의 거리가 멀거나, 격식을 갖추어야 하는 사람들 사이에서는 서로 높임말을 쓰고 가까운 사람들은 나이에 상관없이 서로 낮춤말을 쓰기도 합니다.

작품에 나오는 대화에서 투르게네프는 높임말, 낮춤말을 명확하게 구분하여 써서 대화 참여자들의 관계를 말투로 보여주고 있습니다.

예를 들면, 열여섯 살인 블라디미르는 아버지와 서로 낮춤말을 합니다. 스물한 살 지나이다는 어머니에게 높임말을 합니다. 지나이다는 블라디미르에게 항상 높임말을 하지만 흥분하거나 절박한 순간에는 낮춤말을 합니다. 열여섯 살 블라디미르에게 다양한 나이의 지인들이 다양한 뉘앙스로 높임말을 합니다. 블라디미르가 열두 살 소년에게 높임말을 합니다.

두 군데 예외를 둔 곳은, 중년 부부의 대화와 마지막에 나오는 노파가 신께 기도를 드리는 장면입니다. 원문에는 모두 낮춤말로 되어 있는데 우리말로 낮춤말로 옮기기엔 무리가 있어 존댓말의 느낌이 들어가게 처리하였습니다.

4. 문장부호

작품 전체에 말줄임표가 자주 나옵니다. 행동이나 생각을 나타내는 곳에서 약간의 뜸을 들인다는 의미로 작가가 쓴 것인데 한국어 어법상 맞지 않은 곳에도 들어가 있지만 가급적 그대로 살려두었습니다.

러시아어에 있는 다양한 문장부호(;, :, -)들이 가지는 의미를 우리말의 문장 구조나 단어로써 살리려 노력은 하였으나 번역작업을 마치고 가장 아쉬움이 많이 남는 부분입니다.

투르게네프가 《첫사랑》을 썼을 때의 나이가 이 작품을 옮기는 저의 나이 즈음입니다. 우연이지만 의미를 덧씌우니 왠지 준비된 일이었다는 느낌도 듭니다. 어떻게 19세기 중년 남자가 열여섯 살짜리 소년의 마음을 그리도 생생히 그려냈는지 감탄

하기도 했지만 그의 감수성을 우리말로 따라잡기가 힘들어 애를 먹은 것도 사실입니다. 작가가 《첫사랑》이라는 세계 속에 들어가 온몸으로 만들어냈을 살아 꿈틀대는 문장에 소금을 쳐 숨을 죽여버리는 건 아닐까 하는 걱정이 번역하는 동안 내내 저를 따라다녔습니다.

온 나라가 힘든 시기를 함께 겪는 동안, 힘에 부치는 《첫사랑》을 옮기는 고통 속에서 허우적대면서 무력한 자신을 다그쳐가며 작업을 진행하였습니다. 문학작품 번역자로서 검증되지 않은 저를 믿고 먼저 손을 내밀어주시고 지체되는 작업을 묵묵하게 기다려주신 부북스출판사 신현부님께 감사 드립니다. 제가 미처 감지하지 못하고 지나친 곳까지 세밀하게 검토하여 짚어주시고 막막한 작업 과정에서 든든한 지원군이 되어주셨습니다. 고맙습니다.

첫사랑

초판 1쇄 인쇄 2014년 10월 11일
초판 1쇄 발행 2014년 10월 15일

지은이 이반 세르게예비치 투르게네프
옮긴이 손은정
발행인 신현부
발행처 부북스

주소 100-835 서울시 중구 동호로17길 256-15 (신당동)
전화 02-2235 -6041
팩스 02-2253 -6042
e-mail boobooks@naver.com

ISBN 978-89-93785-69-2 04890
ISBN 978-89-93785-07-4 (세트)

이 도서의 국립중앙도서관 출판예정도서목록(CIP)은 서지정보유통지원시스템 홈페이지
(http://seoji.nl.go.kr)와 국가자료공동목록시스템(http://www.nl.go.kr/kolisnet)에서
이용하실 수 있습니다.(CIP제어번호: CIP2014028470)